12 eventyr
af
H. C. Andersen

Udvalgt og illustreret

af

Connie Enghoff – Combix

12 eventyr af H. C. Andersen

Indholdsfortegnelse

Den grimme Ælling (1844) 5

Den lille Pige med Svovlstikkerne (1848)................................15

Den standhaftige Tinsoldat (1838)...19

Fyrtøiet (1835)..25

Hvad Fatter gjør, det er altid det Rigtige (1861).......................33

Hyrdinden og Skorstensfejeren (1845) 39

Kejserens nye Klæder (1837)..45

Klods Hans (1855)...51

Ole Lukøje (1842) 57

Prindsessen paa Ærten (1835)...69

Svinedrengen (1842)..71

Tommelise (1835)..77

Den grimme Ælling (1844)

Der var saa deiligt ude paa Landet; det var Sommer, Kornet stod guult, Havren grøn, Høet var reist i Stakke nede i de grønne Enge, og der gik Storken paa sine lange, røde Been og snakkede ægyptisk, for det Sprog havde han lært af sin Moder. Rundtom Ager og Eng var der store Skove, og midt i Skovene dybe Søer; jo, der var rigtignok deiligt derude paa Landet! Midt i Solskinnet laae der en gammel Herregaard med dybe Canaler rundt om, og fra Muren og ned til Vandet voxte store Skræppeblade, der vare saa høie, at smaa Børn kunde staae opreiste under de største; der var ligesaa vildsomt derinde, som i den tykkeste Skov, og her laae en And paa sin Rede; hun skulde ruge sine smaae Ællinger ud, men nu var hun næsten kjed af det, fordi det varede saa længe, og hun sjælden fik Visit; de andre Ænder holdt mere af at svømme om i Canalerne, end at løbe op og sidde under et Skræppeblad for at snaddre med hende.

Endelig knagede det ene Æg efter det andet: "pip! pip!" sagde det, alle Æggeblommerne vare blevne levende og stak Hovedet ud.

"Rap! rap!" sagde hun, og saa rappede de sig alt hvad de kunde, og saae til alle Sider under de grønne Blade, og Moderen lod dem see saa meget de vilde, for det Grønne er godt for Øinene.

"Hvor dog Verden er stor!" sagde alle Ungerne; thi de havde nu rigtignok ganske anderledes Plads, end da de laae inde i Ægget.

"Troer I, det er hele Verden!" sagde Moderen, "den strækker sig langt paa den anden Side Haven, lige ind i Præstens Mark! men der har jeg aldrig været! - I ere her dog vel Allesammen!" - og saa reiste hun sig op, "nei, jeg har ikke alle! det største Æg ligger der endnu; hvor længe skal det vare! nu er jeg snart kjed af det!" og saa lagde hun sig igjen.

"Naa hvordan gaaer det?" sagde en gammel And, som kom for at gjøre Visit.

"Det varer saa længe med det ene Æg!" sagde Anden, som laae; "der vil ikke gaae Hul paa det! men nu skal Du see de andre! de ere de deiligste Ællinger jeg har seet! de ligne Allesammen deres Fader, det Skarn han kommer ikke og besøger mig."

"Lad mig see det Æg, der ikke vil revne!" sagde den gamle. "Du kan troe, at det er et Kalkun-Æg! saaledes er jeg ogsaa blevet narret engang, og jeg havde min Sorg og Nød med de Unger, for de ere bange for Vandet, skal jeg sige Dig! jeg kunde ikke faae dem ud! jeg rappede og snappede, men det hjalp ikke! - Lad mig see Ægget! jo, det er et Kalkun-Æg! lad Du det ligge og lær de andre Børn at svømme!"

"Jeg vil dog ligge paa det lidt endnu!" sagde Anden; har jeg nu ligget saalænge, saa kan jeg ligge Dyrehavstiden med!"

"Vær saa god!" sagde den gamle And, og saa gik hun.

Endelig revnede det store Æg. "Pip! pip!" sagde Ungen og væltede ud; han var saa stor og styg. Anden saae paa ham: "Det er da en forfærdelig stor Ælling den!" sagde hun; "ingen af de andre see saadanne ud! det skulde dog vel aldrig være en Kalkun-Kylling! naa, det skal vi snart komme efter! i Vandet skal han, om jeg saa selv maa sparke ham ud!"

Næste Dag var det et velsignet, deiligt Veir; Solen skinnede paa alle de grønne Skræpper. Ællingemoderen med hele sin Familie kom frem nede ved Canalen: pladsk! sprang hun i Vandet: "rap! rap!" sagde hun og den ene Ælling plumpede ud efter den anden; Vandet slog dem over Hovedet, men de kom strax op igjen og fløde saa deiligt; Benene gik af sig selv, og alle vare de ude, selv den stygge, graae Unge svømmede med.

"Nei, det er ingen Kalkun!" sagde hun; "see hvor deiligt den bruger Benene, hvor rank den holder sig! det er min egen Unge!

igrunden er den dog ganske kjøn, naar man rigtig seer paa den! rap! rap! - kom nu med mig, saa skal jeg føre Jer ind i Verden, og præsentere Jer i Andegaarden, men hold Jer altid nær ved mig, at ingen træder paa Jer, og tag Jer iagt for Kattene!"

Og saa kom de ind i Andegaarden. Der var en skrækkelig Støi derinde, thi der var to Familier, som sloges om et Aalehoved, og saa fik dog Katten det.

"See, saaledes gaaer det til i Verden!" sagde Ællingemoderen, og slikkede sig om Snabelen, for hun vilde ogsaa have Aalehovedet. "Brug nu Benene!" sagde hun, "see, at I kunne rappe Jer, og nei med Halsen for den gamle And derhenne! hun er den fornemste af dem Alle her! hun er af spansk Blod, derfor er hun svær, og see I, hun har en rød Klud om Benet! det er noget overordentligt deiligt, og den største Udmærkelse nogen And kan faae, det betyder saameget, at man ikke vil af med hende, og at hun skal kjendes af Dyr og af Mennesker! - Rap Jer! - ikke ind til Beens! en velopdragen Ælling sætter Benene vidt fra hinanden, ligesom Fader og Moder! see saa! nei nu med Halsen og siig: rap!"

Og det gjorde de: men de andre Ænder rundt om saae paa dem og sagde ganske høit: "see saa! nu skal vi have det Slæng til! ligesom vi ikke vare nok alligevel! og fy, hvor den ene Ælling seer ud! ham ville vi ikke taale!" - og strax fløi der en And hen og bed den i Nakken.

"Lad ham være!" sagde Moderen, "han gjør jo Ingen noget!"

"Ja, men han er for stor og for aparte!" sagde Anden, som bed, "og saa skal han nøfles!"

"Det er kjønne Børn, Moder har!" sagde den gamle And med Kluden om Benet, "Allesammen kjønne, paa den ene nær, den er ikke lykkedes! jeg vilde ønske, hun kunde gjøre den om igjen!"

"Det gaaer ikke, Deres Naade!" sagde Ællingemoderen, "han er ikke kjøn, men han er et inderligt godt Gemyt, og svømmer saa deiligt, som nogen af de andre, ja, jeg tør sige lidt til! jeg tænker han voxer sig kjøn, eller han med Tiden bliver noget mindre! han har ligget for længe i Ægget, og derfor har han ikke faaet den rette Skikkelse!" og saa pillede hun ham i Nakken og glattede paa

Personen. "Han er desuden en Andrik," sagde hun, "og saa gjør det ikke saa meget! jeg troer han faaer gode Kræfter, han slaaer sig nok igjennem!"

"De andre Ællinger ere nydelige!" sagde den Gamle, "lad nu, som I var hjemme, og finder I et Aalehoved, saa kan I bringe mig det!"

Og saa vare de, som hjemme.

Men den stakkels Ælling, som sidst var kommen ud af Ægget, og saae saa fæl ud, blev bidt, puffet og gjort Nar af, og det baade af Ænderne og Hønsene. "Han er for stor!" sagde de Allesammen, og den kalkunske Hane, der var født med Sporer og troede derfor, at han var en Keiser, pustede sig op som et Fartøi for fulde Seil, gik lige ind paa ham og saa pludrede den og blev ganske rød i Hovedet. Den stakkels Ælling vidste hverken, hvor den turde staae eller gaae, den var saa bedrøvet, fordi den saae saa styg ud og var til Spot for hele Andegaarden.

Saaledes gik det den første Dag, og siden blev det værre og værre. Den stakkels Ælling blev jaget af dem Allesammen, selv hans Sødskende var saa onde imod ham, og de sagde altid: "bare Katten vilde tage Dig, dit fæle Spektakel!" og Moderen sagde: "gid Du bare var langt borte!" og Ænderne beed ham, og Hønsene huggede ham, og Pigen, som skulde give Dyrene Æde, sparkede til ham med Foden.

Da løb og fløi han henover Hegnet; de smaa Fugle i Buskene foer forskrækket i Veiret; "det er fordi jeg er saa styg," tænkte Ællingen og lukkede Øinene, men løb alligevel afsted; saa kom den ud i den store Mose, hvor Vildænderne boede. Her laae den hele Natten, den var saa træt og sorrigfuld.

Om Morgenen fløi Vildænderne op, og de saae paa den nye Kamerat; "hvad er Du for een?" spurgte de, og Ællingen dreiede sig til alle Sider, og hilsede saa godt den kunde.

"Du er inderlig styg!" sagde Vildænderne, "men det kan da være os det samme, naar Du ikke gifter Dig ind i vor Familie!" - Den Stakkel! han tænkte rigtignok ikke paa at gifte sig, turde han bare have Lov at ligge i Sivene og drikke lidt Mosevand.

Der laae han i hele to Dage, saa kom der to Vildgjæs eller rettere Vildgasser, for de vare to Hanner; det var ikke mange Tider siden de vare komne ud af Ægget, og derfor vare de saa raske paa det.

"Hør Kammerat!" sagde de, "Du er saa styg at jeg kan godt lide Dig! vil Du drive med og være Trækfugl! tæt herved i en anden Mose er der nogle søde velsignede Vildgjæs, allesammen Frøkener, der kunne sige: rap! Du er istand til at gjøre din Lykke, saa styg er Du!"

"Pif! paf!" lød i det samme ovenover, og begge Vildgasserne faldt døde ned i Sivene, og Vandet blev blodrødt; pif! paf! lød det igjen, og hele Skarer af Vildgjæs fløi op af Sivene, og saa knaldede det igjen. Der var stor Jagt, Jægerne laae rundtom Mosen, ja nogle sad oppe i Trægrenene, der strakte sig langt ud over Sivene; den blaae Røg gik ligesom Skyer ind imellem de mørke Træer og hang langt hen over Vandet; i Mudderet kom Jagthundene, klask klask; Siv og Rør svaiede til alle Sider; det var en Forskrækkelse for den stakkels Ælling, den dreiede Hovedet om for at faae det under Vingen, og lige i det samme stod tæt ved den en frygtelig stor Hund, Tungen hang ham langt ud af Halsen, og Øinene skinnede grueligt fælt; han satte sit Gab lige ned imod Ællingen, viste de skarpe Tænder - og pladsk! pladsk! gik han igjen uden at tage den.

"O Gud skee Lov!" sukkede Ællingen, "jeg er saa styg, at selv Hunden ikke gider bide mig!"

Og saa laae den ganske stille, mens Haglene susede i Sivene, og det knaldede Skud paa Skud.

Først langt ud paa Dagen blev der stille, men den stakkels Unge turde endnu ikke reise sig, den ventede flere Timer endnu, før den saae sig om, og saa skyndte den sig afsted fra Mosen, alt hvad den kunde; den løb over Mark og over Eng, det var en Blæst, saa at den havde haardt ved at komme afsted.

Mod Aften naaede den et fattigt lille Bondehuus; det var saa elendigt, at det ikke selv vidste til hvad Side det vilde falde, og saa blev det staaende. Blæsten susede saaledes om Ællingen, at han maatte sætte sig paa Halen for at holde imod; og det blev værre og værre; da mærkede han, at Døren var gaaet af det ene

Hængsel, og hang saa skjævt, at han igjennem Sprækken kunde smutte ind i Stuen, og det gjorde han.

Her boede en gammel Kone med sin Kat og sin Høne, og Katten, som hun kaldte Sønneke, kunde skyde Ryg og spinde, han gnistrede saagar, men saa maatte man stryge ham mod Haarene; Hønen havde ganske smaae lave Been, og derfor kaldtes den "Kykkelilavbeen;" den lagde godt Æg, og Konen holdt af den, som af sit eget Barn.

Om Morgenen mærkede man strax den fremmede Ælling, og Katten begyndte at spinde og Hønen at klukke.

"Hvad for noget!" sagde Konen, og saae rundtomkring, men hun saae ikke godt, og saa troede hun, at Ællingen var en feed And, der havde forvildet sig. "Det var jo en rar Fangst!" sagde hun, "nu kan jeg faae Ande-Æg, er den bare ikke en Andrik! det maa vi prøve!"

Og saa blev Ællingen antaget paa Prøve i tre Uger, men der kom ingen Æg. Og Katten var Herre i Huset og Hønen var Madamme, og alletider sagde de: "vi og Verden!" for de troede, at de vare Halvparten, og det den allerbedste Deel. Ællingen syntes, at man kunde ogsaa have en anden Mening, men det taalte Hønen ikke.

"Kan Du lægge Æg?" spurgte hun.

"Nei!"

"Ja, vil Du saa holde din Mund!"

Og Katten sagde: "Kan Du skyde Ryg, spinde og gnistre?"

"Nei!"

"Ja saa skal Du ikke have Mening, naar fornuftige Folk tale!"

Og Ællingen sad i Krogen og var i daarligt Humeur; da kom den til at tænke paa den friske Luft og Solskinnet; den fik saadan en forunderlig Lyst til at flyde paa Vandet, tilsidst kunde den ikke lade være, den maatte sige det til Hønen.

"Hvad gaaer der af Dig?" spurgte hun. "Du har ingen Ting at bestille, derfor komme de Nykker over dig! Læg Æg eller spind, saa gaae de over."

"Men det er saa deiligt at flyde paa Vandet!" sagde Ællingen, "saa deiligt at faae det over Hovedet og dukke ned paa Bunden!"

"Ja det er en stor Fornøielse!" sagde Hønen, "Du er nok bleven gal! Spørg Katten ad, han er den klogeste, jeg kjender, om han holder af at flyde paa Vandet, eller dykke ned! jeg vil ikke tale om mig. - Spørg selv vort Herskab, den gamle Kone, klogere end hende er der Ingen i Verden! troer Du, hun har Lyst til at flyde og faae Vand over Hovedet!"

"I forstaae mig ikke!" sagde Ællingen.

"Ja, forstaae vi Dig ikke, hvem skulde saa forstaae Dig! Du vil dog vel aldrig være klogere end Katten og Konen, for ikke at nævne mig! Skab Dig ikke, Barn! og tak Du din Skaber for alt det Gode, man har gjort for dig! Er Du ikke kommet i en varm Stue og har en Omgang, Du kan lære noget af! men Du er et Vrøvl, og det er ikke morsomt at omgaaes Dig! mig kan Du troe! jeg mener Dig det godt, jeg siger Dig Ubehageligheder, og derpaa skal man kjende sine sande Venner! see nu bare til, at Du lægger Æg og lærer at spinde eller gnistre!"

"Jeg troer, jeg vil gaae ud i den vide Verden!" sagde Ællingen.

"Ja, gjør Du det!" sagde Hønen.

Og saa gik Ællingen: den fløi paa Vandet, den dykkede ned, men af alle Dyr var den overseet for sin Grimhed.

Nu faldt Efteraaret paa, Bladene i Skoven bleve gule og brune, Blæsten tog fat i dem, saa de dandsede omkring, og oppe i Luften saae der koldt ud; Skyerne hang tunge med Hagl og Sneeflokke, og paa Gjærdet stod Ravnen og skreg "av! av!" af bare Kulde; ja man kunde ordenlig fryse, naar man tænkte derpaa; den stakkels Ælling havde det rigtignok ikke godt.

En Aften, Solen gik saa velsignet ned, kom der en heel Flok deilige store Fugle ud af Buskene, Ællingen havde aldrig seet nogen saa smukke, de vare ganske skinnende hvide, med lange, smidige Halse; det var Svaner, de udstødte en ganske forunderlig Lyd, bredte deres prægtige, lange Vinger ud og fløi bort fra de kolde Egne til varmere Lande, til aabne Søer! de stege saa høit, saa høit, og den lille grimme Ælling blev saa forunderlig tilmode, den dreiede sig rundt i Vandet ligesom et Hjul, rakte Halsen høit op i Luften efter dem, udstødte et Skrig saa høit og forunderligt, at den selv blev bange derved. O, den kunde ikke glemme de deilige Fugle, de lykkelige Fugle, og saasnart den ikke længer øinede dem, dukkede den lige ned til Bunden, og da den kom op igjen, var den ligesom ude af sig selv. Den vidste ikke, hvad Fuglene hed, ikke hvor de fløi hen, men dog holdt den af dem, som den aldrig havde holdt af nogen: den misundte dem slet ikke, hvor kunde det falde den ind at ønske sig en saadan Deilighed, den vilde være glad, naar bare dog Ænderne vilde have taalt den imellem sig! - det stakkels grimme Dyr!

Og Vinteren blev saa kold, saa kold; Ællingen maatte svømme om i Vandet for at holde det fra at fryse reent til; men hver Nat blev Hullet, hvori den svømmede, smallere og smallere; det frøs, saa det knagede i Iisskorpen; Ællingen maatte altid bruge Benene, at Vandet ikke skulde lukkes; tilsidst blev den mat, laa ganske stille og frøs saa fast i Isen.

Tidlig om Morgenen kom en Bondemand, han saae den, gik ud og slog med sin Træsko Isen i Stykker og bar den saa hjem til sin Kone. Der blev den livet op.

Børnene vilde lege med den, men Ællingen troede, at de vilde gjøre den Fortræd, og foer, i Forskrækkelse, lige op i Melkefadet, saa at Melken skvulpede ud i Stuen; Konen skreg og slog Hænderne i Veiret, og da fløi den i Truget, hvor Smørret var, og saa ned i Meeltønden og op igjen; naa hvor den kom til at see ud! og Konen skreg og slog efter den med Ildklemmen, og Børnene løbe hinanden overende for at fange Ællingen, og de loe, og de skrege! - godt var det, at Døren stod aaben, ud foer den imellem Buskene i den nysfaldne Snee - der laae den, ligesom i Dvale.

Men det vilde blive altfor bedrøveligt at fortælle al den Nød og Elendighed, den maatte prøve i den haarde Vinter - - den laae i Mosen mellem Rørene, da Solen igjen begyndte at skinne varmt; Lærkerne sang - det var deiligt Foraar.

Da løftede den paa eengang sine Vinger, de bruste stærkere end før og bare den kraftigt afsted; og før den ret vidste det, var den i en stor Have, hvor Æbletræerne stode i Blomster, hvor Sirenerne duftede og hang paa de lange, grønne Grene lige ned imod de bugtede Canaler! O her var saa deiligt, saa foraarsfriskt! og lige foran, ud af Tykningen, kom tre deilige, hvide Svaner; de bruste med Fjerene og fløde saa let paa Vandet. Ællingen kjendte de prægtige Dyr og blev betagen af en forunderlig Sørgmodighed.

"Jeg vil flyve hen til dem, de kongelige Fugle! og de vil hugge mig ihjel, fordi jeg, der er saa styg, tør nærme mig dem! men det er det samme! bedre at dræbes af dem, end at nappes af Ænderne, hugges af Hønsene, sparkes af Pigen, der passer Hønsegaarden, og lide ondt om Vinteren!" og den fløi ud i Vandet og svømmede hen imod de prægtige Svaner, disse saae den og skjøde med brusende Fjere henimod den. "Dræber mig kun!" sagde det stakkels Dyr, og bøiede sit Hoved ned mod Vandfladen og ventede Døden, - men hvad saae den i det klare Vand! den saae under sig sit eget Billed, men den var ikke længere en kluntet, sortgraa Fugl, styg og fæl, den var selv en Svane.

Det gjør ikke noget at være født i Andegaarden, naar man kun har ligget i et Svaneæg!

Den følte sig ordenlig glad over al den Nød og Gjenvordighed, den havde prøvet; nu skjønnede den just paa sin Lykke, paa al den Deilighed, der hilsede den. - Og de store Svaner svømmede rundt omkring den og strøge den med Næbet.

I Haven kom der nogle smaa Børn, de kastede Brød og Korn ud i Vandet, og den mindste raabte:

"Der er en ny!" og de andre Børn jublede med: "ja der er kommet en ny!" og de klappede i Hænderne og dandsede rundt; løbe efter Fader og Moder, og der blev kastet Brød og Kage i Vandet, og Alle sagde de: "Den nye er den smukkeste! saa ung og saa deilig!" og de gamle Svaner neiede for den.

Da følte den sig ganske undseelig og stak Hovedet om bag Vingerne, den vidste ikke selv hvad! den var altfor lykkelig, men slet ikke stolt, thi et godt Hjerte bliver aldrig stolt! den tænkte paa, hvor den havde været forfulgt og forhaanet, og hørte nu Alle sige, at den var den deiligste af alle deilige Fugle; og Sirenerne bøiede sig med Grenene lige ned i Vandet til den, og Solen skinnede saa varmt og saa godt, da bruste dens Fjedre, den slanke

Hals hævede sig, og af Hjertet jublede den: "saa megen Lykke drømte jeg ikke om, da jeg var den grimme Ælling!"

Den lille Pige med Svovlstikkerne (1848)

Det var saa grueligt koldt; det sneede og det begyndte at blive mørk Aften; det var ogsaa den sidste Aften i Aaret, Nytaarsaften. I denne Kulde og i dette Mørke gik paa Gaden en lille, fattig Pige med bart Hoved og nøgne Fødder; ja hun havde jo rigtignok havt Tøfler paa, da hun kom hjemme fra; men hvad kunde det hjælpe! det var meget store Tøfler, hendes Moder havde sidst brugt dem, saa store vare de, og dem tabte den Lille, da hun skyndte sig over Gaden, i det to Vogne foer saa grueligt stærkt forbi; den ene Tøffel var ikke at finde og den anden løb en Dreng med; han sagde, at den kunde han bruge til Vugge, naar han selv fik Børn.

Der gik nu den lille Pige paa de nøgne smaa Fødder, der vare røde og blaa af Kulde; i et gammelt Forklæde holdt hun en Mængde Svovlstikker og eet Bundt gik hun med i Haanden; Ingen havde den hele Dag kjøbt af hende; Ingen havde givet hende en Skilling; sulten og forfrossen gik hun og saae saa forkuet ud, den lille Stakkel! Sneefnokkene faldt i hendes lange gule Haar, der krøllede saa smukt om Nakken, men den Stads tænkte hun rigtignok ikke paa. Ud fra alle Vinduer skinnede Lysene og saa lugtede der i Gaden saa deiligt af Gaasesteg; det var jo Nytaarsaften, ja det tænkte hun paa.

Henne i en Krog mellem to Huse, det ene gik lidt mere frem i Gaden end det andet, der satte hun sig og krøb sammen; de smaa Been havde hun trukket op under sig, men hun frøs endnu mere og hjem turde hun ikke gaae, hun havde jo ingen Svovlstikker solgt, ikke faaet en eneste Skilling, hendes Fader vilde slaae hende og koldt var der ogsaa hjemme, de havde kun Taget lige over dem og der peeb Vinden ind, skjøndt der var stoppet Straa og Klude i de største Sprækker. Hendes smaa Hænder vare næsten ganske døde af Kulde. Ak! en lille Svovlstikke kunde gjøre godt. Turde hun bare trække een ud af Bundtet, stryge den mod Væggen og varme Fingrene. Hun trak een ud, "ritsch!" hvor spruddede den, hvor brændte den! det var en varm, klar Lue, ligesom et lille Lys, da hun holdt Haanden om den; det var et underligt Lys! Den lille Pige syntes hun sad foran en stor Jernkakkelovn med blanke Messingkugler og Messingtromle; Ilden brændte saa velsignet, varmede saa godt! nei, hvad var det! - Den Lille strakte allerede Fødderne ud for ogsaa at varme disse, - da slukkedes Flammen, Kakkelovnen forsvandt, - hun sad med en lille Stump af den udbrændte Svovlstikke i Haanden.

En ny blev strøget, den brændte, den lyste, og hvor Skinnet faldt paa Muren, blev denne gjennemsigtig, som et Flor; hun saae lige ind i Stuen, hvor Bordet stod dækket med en skinnende hvid Dug, med fiint Porcellain, og deiligt dampede den stegte Gaas, fyldt med Svedsker og Æbler! og hvad der endnu var prægtigere, Gaasen sprang fra Fadet, vraltede hen af Gulvet med Gaffel og Kniv i Ryggen; lige hen til den fattige Pige kom den; da slukkedes Svovlstikken og der var kun den tykke, kolde Muur at see.

Hun tændte en ny. Da sad hun under det deiligste Juletræ; det var endnu større og mere pyntet, end det hun gjennem Glasdøren havde seet hos den rige Kjøbmand, nu sidste Juul; tusinde Lys brændte paa de grønne Grene og brogede Billeder, som de der pynte Boutikvinduerne, saae ned til hende. Den Lille strakte begge Hænder i Veiret - da slukkedes Svovlstikken; de mange Julelys gik høiere og høiere, hun saae de vare nu de klare Stjerner, een af dem faldt og gjorde en lang Ildstribe paa Himlen.

"Nu døer der Een!" sagde den Lille, for gamle Mormoer, som var den eneste, der havde været god mod hende, men nu var død, havde sagt: naar en Stjerne falder, gaaer der en Sjæl op til Gud.

Hun strøg igjen mod Muren en Svovlstikke, den lyste rundt om, og i Glandsen stod den gamle Mormoer, saa klar, saa skinnende, saa mild og velsignet.

"Mormoer!" raabte den Lille, "O tag mig med! jeg veed, Du er borte, naar Svovlstikken gaaer ud; borte ligesom den varme Kakkelovn, den deilige Gaasesteg og det store velsignede Juletræ!" - og hun strøg ihast den hele Rest Svovlstikker, der var i Bundtet, hun vilde ret holde paa Mormoer; og Svovlstikkerne lyste med en saadan Glands, at det var klarere end ved den lyse Dag. Mormoer havde aldrig før været saa smuk, saa stor; hun løftede den lille Pige op paa sin Arm, og de fløi i Glands og Glæde, saa høit, saa høit; og der var ingen Kulde, ingen Hunger, ingen Angst, - de vare hos Gud!

Men i Krogen ved Huset sad i den kolde Morgenstund den lille Pige med røde Kinder, med Smiil om Munden - død, frosset ihjel den sidste Aften i det gamle Aar. Nytaarsmorgen gik op over det lille Liig, der sad med Svovlstikkerne, hvoraf et Knippe var næsten brændt. Hun har villet varme sig! sagde man; Ingen vidste, hvad smukt hun havde seet, i hvilken Glands hun med gamle Mormoer var gaaet ind til Nytaars Glæde!

Den standhaftige Tinsoldat (1838)

Der var engang fem og tyve Tinsoldater, de vare alle Brødre, thi de vare fødte af en gammel Tinskee. Geværet holdt de i Armen og Ansigtet satte de lige ud; rød og blaa, nok saa deilig var Uniformen. Det Allerførste, de hørte i denne Verden, da Laaget blev taget af Æsken, hvori de laae, var det Ord: "Tinsoldater!" det raabte en lille Dreng og klappede i Hænderne; han havde faaet dem, for det var hans Geburtsdag, og stillede dem nu op paa Bordet. Den ene Soldat lignede livagtig den anden, kun en eneste var lidt forskjellig; han havde eet Been, thi han var blevet støbt sidst, og saa var der ikke Tin nok; dog stod han ligesaa fast paa sit ene, som de andre paa deres to, og det er just ham, som bliver mærkværdig.

Paa Bordet, hvor de bleve stillede op, stod meget andet Legetøi; men det, som faldt meest i Øinene, var et nydeligt Slot af Papir. Gjennem de smaa Vinduer kunde man see lige ind i Salene. Udenfor stode smaa Træer, rundtom et lille Speil, der skulde see ud som en Sø; Svaner af Vox svømmede derpaa og speilede sig. Det var altsammen nydeligt, men det Nydeligste blev dog en lille Jomfru, som stod midt i den aabne Slotsdør; hun var ogsaa klippet ud af Papir, men hun havde et Skjørt paa af det klareste Linon og et lille smalt blaat Baand over Skulderen ligesom et Gevandt; midt i det sad en skinnende Paillette, lige saa stor som hele hendes Ansigt. Den lille Jomfru strakte begge sine Arme ud, for hun var en Dandserinde, og saa løftede hun sit ene Been saa høit i Veiret, at Tinsoldaten slet ikke kunde finde det og troede, at hun kun havde eet Been ligesom han.

"Det var en Kone for mig!" tænkte han; "men hun er noget fornem, hun boer i et Slot, jeg har kun en Æske, og den ere vi fem og tyve om, det er ikke et Sted for hende! dog jeg maa see at gjøre Bekjendtskab!" og saa lagde han sig saa lang han var bag en

Snuustobaksdaase, der stod paa Bordet; der kunde han ret see paa den lille fine Dame, som blev ved at staae paa eet Been, uden at komme ud af Balancen.

Da det blev ud paa Aftenen, kom alle de andre Tinsoldater i deres Æske og Folkene i Huset gik til Sengs. Nu begyndte Legetøiet at lege, baade at komme Fremmede, føre Krig og holde Bal; Tinsoldaterne raslede i Æsken, for de vilde være med, men de kunde ikke faae Laaget af. Nøddeknækkeren slog Kaalbøtter, og Griffelen gjorde Commers paa Tavlen; det var et Spektakel saa Kanarifuglen vaagnede, og begyndte at snakke med, og det paa Vers. De to eneste, som ikke rørte sig af Stedet, var Tinsoldaten og den lille Dandserinde; hun holdt sig saa rank paa Taaspidsen og begge Armene udad; han var ligesaa standhaftig paa sit ene Been, hans Øine kom ikke et Øieblik fra hende.

Nu slog Klokken tolv, og klask, der sprang Laaget af Snuustobaksdaasen, men der var ingen Tobak i, nei, men en lille sort Trold, det var saadant et Kunststykke.

"Tinsoldat!" sagde Trolden, "vil Du holde dine Øine hos Dig selv!"

Men Tinsoldaten lod, som han ikke hørte det.

"Ja bi til imorgen!" sagde Trolden.

Da det nu blev Morgen, og Børnene kom op, blev Tinsoldaten stillet hen i Vinduet, og enten det nu var Trolden eller Trækvind, ligemed eet fløi Vinduet op og Soldaten gik ud paa Hovedet fra tredie Sal. Det var en skrækkelig Fart, han vendte Benet lige iveiret, og blev staaende paa Kaskjetten, med Bajonetten nede imellem Brostenene.

Tjenestepigen og den lille Dreng kom strax ned, for at søge; men skjøndt de vare færdig ved at træde paa ham, kunde de dog ikke see ham. Havde Tinsoldaten raabt: her er jeg! saa havde de nok fundet ham, men han fandt det ikke passende at skrige høit, da han var i Uniform.

Nu begyndte det at regne, den ene Draabe faldt tættere end den anden, det blev en ordentlig Skylle; da den var forbi, kom der to Gadedrenge.

"Sei Du!" sagde den ene, "der ligger en Tinsoldat! han skal ud at seile!"

Og saa gjorde de en Baad af en Avis, satte Tinsoldaten midt i den, og nu seilede han ned af Rendestenen; begge Drengene løb ved Siden og klappede i Hænderne. Bevar os vel! hvilke Bølger der gik i Rendestenen, og hvilken Strøm der var; ja det havde da ogsaa skylregnet. Papiirsbaaden vippede op og ned, og imellem saa dreiede den saa gesvindt, saa det dirrede i Tinsoldaten; men han blev standhaftig, forandrede ikke en Mine, saae lige ud og holdt Geværet i Armen.

Lige med eet drev Baaden ind under et langt Rendesteens-Bræt; der blev lige saa mørkt, som om han var i sin Æske.

"Hvor mon jeg nu kommer hen", tænkte han, "ja, ja, det er Troldens Skyld! Ak sad dog den lille Jomfru her i Baaden, saa maatte her gjerne være eengang saa mørkt endnu!"

I det samme kom der en stor Vandrotte, som boede under Rendesteens-Brættet.

"Har Du Pas?" spurgte Rotten. "Hid med Passet!"

Men Tinsoldaten taug stille og holdt endnu fastere paa Geværet. Baaden foer afsted og Rotten bag efter. Hu! hvor den skar Tænder, og raabte til Pinde og Straa:

"Stop ham! stop ham! han har ikke betalt Told! han har ikke viist Pas!"

Men Strømmen blev stærkere og stærkere! Tinsoldaten kunde allerede øine den lyse Dag foran hvor Brættet slap, men han hørte ogsaa en brusende Lyd, der nok kunde gjøre en tapper Mand forskrækket; tænk dog, Rendestenen styrtede, hvor Brættet endte, lige ud i en stor Canal, det vilde være for ham lige saa farligt, som for os at seile ned af et stort Vandfald.

Nu var han allerede saa nær derved, at han ikke kunde standse. Baaden foer ud, den stakkels Tinsoldat holdt sig saa stiv han kunde, ingen skulde sige ham paa, at han blinkede med Øinene. Baaden snurrede tre fire Gange rundt, og var fyldt med Vand lige til Randen, den maatte synke; Tinsoldaten stod i Vand til Halsen og dybere og dybere sank Baaden, mere og mere løste Papiret sig op; nu gik Vandet over Soldatens Hoved, - da tænkte han paa den lille nydelige Dandserinde, som han aldrig mere skulde faae at see; og det klang for Tinsoldatens Øre:

"Fare, Fare, Krigsmand!

Døden skal Du lide!"

Nu gik Papiret itu, og Tinsoldaten styrtede igjennem - men blev i det samme slugt af en stor Fisk.

Nei, hvor var det mørkt derinde! der var endnu værre, end under Rendesteens-Brættet, og saa var der saa snevert; men Tinsoldaten var standhaftig, og laae saa lang han var med Geværet i Armen. -

Fisken foer omkring, den gjorde de allerforfærdeligste Bevægelser; endelig blev den ganske stille, der foer som en Lynstraale gjennem den. Lyset skinnede ganske klart og een raabte høit: "Tinsoldat!" Fisken var blevet fanget, bragt paa Torvet, solgt og kommet op i Kjøkkenet, hvor Pigen skar den op med en stor Kniv. Hun tog med sine to Fingre Soldaten midt om Livet og bar ham ind i Stuen, hvor de Allesammen vilde see saadan en mærkværdig Mand, der havde reist om i Maven paa en Fisk; men Tinsoldaten var slet ikke stolt. De stillede ham op paa Bordet og der - nei, hvor det kan gaae underligt til i Verden! Tinsoldaten var i den selvsamme Stue, han havde været i før, han saae de selvsamme Børn og Legetøiet stod paa Bordet; det deilige Slot med den nydelige lille Dandserinde; hun holdt sig endnu paa det ene Been og havde det andet høit i Veiret, hun var ogsaa standhaftig; det rørte Tinsoldaten, han var færdig ved at græde Tin, men det passede sig ikke. Han saae paa hende og hun saae paa ham, men de sagde ikke noget.

I det samme tog den ene af Smaadrengene og kastede Soldaten lige ind i Kakkelovnen, og han gav slet ingen Grund derfor; det var bestemt Trolden i Daasen, der var Skyld deri.

Tinsoldaten stod ganske belyst og følte en Hede, der var forfærdelig, men om det var af den virkelige Ild, eller af Kjærlighed, det vidste han ikke. Couleurerne vare reent gaaet af ham, om det var skeet paa Reisen eller det var af Sorg, kunde ingen sige. Han saae paa den lille Jomfru, hun saae paa ham, og han følte han smeltede, men endnu stod han standhaftig med Geværet i Armen. Da gik der en Dør op, Vinden tog i Dandserinden og hun fløi ligesom en Sylphide lige ind i Kakkelovnen til Tinsoldaten, blussede op i Lue og var borte; saa smeltede Tinsoldaten til en Klat, og da Pigen Dagen efter tog Asken ud, fandt hun ham som et lille Tinhjerte; af Dandserinden derimod var der kun Pailletten, og den var brændt kulsort.

Fyrtøiet (1835)

Der kom en Soldat marcherende henad Landeveien; een, to! een, to! han havde sit Tornister paa Ryggen og en Sabel ved Siden, for han havde været i Krigen, og nu skulle han hjem. Saa mødte han en gammel Hex paa Landeveien; hun var saa ækel, hendes Underlæbe hang hende lige ned paa Brystet. Hun sagde: "god Aften, Soldat! hvor Du har en pæn Sabel og et stort Tornister, Du er en rigtig Soldat! Nu skal Du faae saa mange Penge, Du vil eie!"

"Tak skal du have, din gamle Hex!" sagde Soldaten.

"Kan Du see det store Træ?" sagde Hexen, og pegede paa et Træ, der stod ved Siden af dem. "Det er ganske huult inden i! Der skal Du krybe op i Toppen, saa seer Du et Hul, som Du kan lade dig glide igjennem og komme dybt i Træet! Jeg skal binde dig en Strikke om Livet, for at jeg kan heise Dig op igjen, naar Du raaber paa mig!"

"Hvad skal jeg saa nede i Træet?" spurgte Soldaten.

"Hente Penge!" sagde Hexen, "Du skal vide, naar Du kommer ned paa Bunden af Træet, saa er Du i en stor Gang, der er ganske lyst, for der brænde over hundrede Lamper. Saa seer Du tre Døre, Du kan lukke dem op, Nøglen sidder i. Gaaer Du ind i det første Kammer, da seer Du midt paa Gulvet en stor Kiste, oven paa den sidder en Hund; han har et Par Øine saa store som et Par Thekopper, men det skal Du ikke bryde Dig om! Jeg giver dig mit blaatærnede Forklæde, det kan Du brede ud paa Gulvet; gaae saa rask hen og tag Hunden, sæt ham paa mit Forklæde, luk Kisten op og tag ligesaa mange Skillinger, Du vil. De ere allesammen af

Kobber; men vil Du heller have Sølv, saa skal Du gaae ind i det næste Værelse; men der sidder en Hund, der har et Par Øine, saa store, som et Møllehjul; men det skal Du ikke bryde dig om, sæt ham paa mit Forklæde og tag Du af Pengene! Vil Du derimod have Guld, det kan Du ogsaa faae, og det saa meget, Du vil bære, naar Du gaaer ind i det tredie Kammer. Men Hunden, som sidder paa Pengekisten, har her to Øine, hvert saa stort som Rundetaarn. Det er en rigtig Hund, kan Du troe! men det skal Du ikke bryde dig noget om! sæt ham bare paa mit Forklæde, saa gjør han dig ikke noget, og tag Du af Kisten saa meget Guld, Du vil!"

"Det var ikke saa galt" sagde Soldaten. "Men hvad skal jeg give Dig, din gamle Hex? For noget vil Du vel have med, kan jeg tænke!"

"Nei," sagde Hexen, "ikke en eneste Skilling vil jeg have! Du skal bare tage til mig et gammelt Fyrtøi, som min Bedstemoder glemte, da hun sidst var dernede!"

"Naa! lad mig faae Strikken om Livet!" sagde Soldaten.

"Her er den!" sagde Hexen, "og her er mit blaatærnede Forklæde."

Saa krøb Soldaten op i Træet, lod mig dumpe ned i Hullet og stod nu, som Hexen sagde, nede i den store Gang, hvor de mange hundrede Lamper brændte.

Nu lukkede han den første Dør op. Uh! der sad Hunden med Øinene, saa store som Theekopper og gloede paa ham.

"Du er en net Fyr!" sagde Soldaten, satte ham paa Hexens Forklæde og tog ligesaamange Kobberskillinger, han kunde have i sin Lomme, lukkede Kisten, satte Hunden op igjen og gik ind i det andet Værelse. Eia! der sad Hunden med Øine saa store, som et Møllehjul.

"Du skulle ikke see saa meget paa mig!" sagde Soldaten, "Du kunde faae ondt i Øinene!" og saa satte han Hunden paa Hexens Forklæde, men da han saae de mange Sølvpenge i Kisten, smed han alle de Kobberpenge han havde, og fyldte Lommen og sit Tornister med det bare Sølv. Nu gik han ind i det tredie Kammer!

- Nei det var ækelt! Hunden derinde havde virkeligt to Øine saa store som runde Taarn! og de løb rundt i Hovedet, ligesom Hjul!

"God Aften!" sagde Soldaten og tog til Kasketten, for saadan en Hund havde han aldrig seet før; men da han nu saae lidt paa ham, tænkte han, nu kan det jo være nok, løftede ham ned paa Gulvet og lukkede Kisten op, nei Gud bevares! hvor der var meget Guld! han kunde jo kjøbe for det hele Kjøbenhavn og Kagekonernes Sukkergrise, alle Tinsoldater, Pidske og Gyngeheste, der var i Verden! Jo der var rigtignok Penge! - Nu kastede Soldaten alle de Sølvskillinger, han havde fyldt sine Lommer og sit Tornister med, og tog Guld i Stedet, ja alle Lommerne, Tornisteret, Kasketten og Støvlerne, bleve fyldte, saa han knap kunde gaae! nu havde han Penge! Hunden satte han op paa Kisten, slog Døren i og raabte saa op igjennem Træet:

"Heis mig nu op, du gamle Hex!"

"Har Du Fyrtøiet med?" spurgte Hexen"!

"Det er sandt!" sagde Soldaten, "det havde jeg reent glemt," og nu gik han og tog det. Hexen heisede ham op, og saa stod han igjen paa Landeveien, med Lommer, Støvler, Tornister og Kasket fulde af Penge.

"Hvad vil Du med det Fyrtøi," spurgte Soldaten.

"Det kommer ikke dig ved!" sagde Hexen, "nu har Du jo faaet Penge! Giv mig bare Fyrtøiet!"

"Snik snak!" sagde Soldaten, "vil Du strax sige mig, hvad Du vil med det, eller jeg trækker min Sabel ud og hugger dit Hoved af!"

"Nei," sagde Hexen.

Saa huggede Soldaten Hovedet af hende. Der laae hun! men han bandt alle sine Penge ind i hendes Forklæde, tog det som en Bylt paa Ryggen, puttede Fyrtøiet i Lommen og gik lige til Byen.

Det var en deilig By, og i det deiligste Vertshuus tog han ind, forlangte de allerbedste Værelser og Mad, som han holdt af, for nu var han riig da han havde saa mange Penge.

Tjeneren, som skulle pudse hans Støvler, syntes rigtignok, det vare nogle løierlige gamle Støvler, saadan en riig Herre havde, men han havde ikke endnu kjøbt sig nye; næste Dag fik han Støvler at gaae med, og Klæder som vare pæne! Nu var Soldaten bleven en fornem Herre, og de fortalte ham om al den Stads, som var i deres By, og om deres Konge, og hvilken nydelig Prindsesse hans Datter var.

"Hvor kan man faae hende at see?" spurgte Soldaten.

"Hun er slet ikke til at faae at see!" sagde de allesammen, "hun boer i et stort Kobberslot, med saa mange Mure og Taarne om! Ingen uden Kongen tør gaae ud og ind til hende, fordi der er spaaet, at hun skal blive gift med en ganske simpel Soldat, og det kan Kongen ikke lide!"

"Hende gad jeg nok see!" tænkte Soldaten, men det kunde han jo slet ikke faae Lov til!

Nu levede han saa lystig, tog paa Comedie, kjørte i Kongens Have og gav de Fattige saa mange Penge og det var smukt gjort! han vidste nok fra gamle Dage, hvor slemt det var ikke at eie en Skilling! - Han var nu riig, havde pæne Klæder, og fik da saa mange Venner, der Alle sagde, han var en rar En, en rigtig Cavalier, og det kunde Soldaten godt lide! Men da han hver Dag gav Penge ud, og fik slet ingen ind igjen, saa havde han tilsidst ikke meer end to Skillinger tilbage og maatte flytte bort fra de smukke Værelser, hvor han havde boet, og op paa et lille bitte Kammer, heelt inde under Taget, selv børste sine Støvler og sye paa dem med en Stoppenaal, og ingen af hans Venner kom til ham, for der vare saa mange Trapper at gaae op ad

Det var ganske mørk Aften, og han kunde ikke engang kjøbe sig et Lys, men saa huskede han paa, at der laae en lille Stump i det Fyrtøi, han havde taget i det hule Træ, hvor Hexen havde hjulpet ham ned. Han fik Fyrtøiet og Lysestumpen frem, men lige i det han slog Ild og Gnisterne fløi fra Flintestenen, sprang Døren op, og Hunden, der havde Øine saa store, som et Par Theekopper, og som han havde seet nede under Træet, stod foran ham og sagde: "Hvad befaler min Herre!"

"Hvad for noget!" sagde Soldaten, "det var jo et moersomt Fyrtøi, kan jeg saaledes faae, hvad jeg vil have! Skaf mig nogle Penge," sagde han til Hunden, og vips var den borte! vips var den igjen, og holdt en stor Pose fuld af Skillinger i sin Mund.

Nu vidste Soldaten, hvad det var for et deiligt Fyrtøi! slog han eengang, kom Hunden der sad paa Kisten med Kobberpengene, slog han to Gange, kom den, som havde Sølvpenge, og slog han tre Gange, kom den, der havde Guld. - Nu flyttede Soldaten ned i de smukke Værelser igjen, kom i de gode Klæder, og saa kiendte strax alle Venner ham, og de holdt saa meget af ham. -

Saa tænkte han engang : det er dog noget løierligt noget, at man ikke maa faae den Prindsesse at see! hun skal være saa deilig, sige de allesammen! men hvad kan det hjælpe, naar hun skal alletider sidde inde i det store Kobberslot med de mange Taarne. - Kan jeg da slet ikke faae hende at see? - Hvor er nu mit Fyrtøi! og saa slog han Ild, og vips kom Hunden med Øine saa store som Theekopper.

"Det er rigtignok midt paa Natten," sagde Soldaten, "men jeg vilde saa inderlig gjerne see Prindsessen, bare et lille Øieblik!"

Hunden var strax ude af Døren, og før Soldaten tænkte paa det, saa han ham igjen med Prindsessen, hun sad og sov paa Hundens Ryg og var saa deilig, at enhver kunde see, det var en virkelig Prindsesse; Soldaten kunde slet ikke lade være, han maatte kysse hende, for det var en rigtig Soldat.

Hunden løb tilbage igjen med Prindsessen, men da det blev Morgen, og Kongen og Dronningen skjænkede Thee, sagde Prindsessen, hun havde drømt saadan en underlig Drøm i Nat om en Hund og en Soldat. Hun havde redet paa Hunden, og Soldaten havde kysset hende.

"Det var saamæn en pæn Historie!" sagde Dronningen.

Nu skulde en af de gamle Hofdamer vaage ved Prindsessens Seng næste Nat, for at see, om det var en virkelig Drøm, eller hvad det kunde være.

Soldaten længtes saa forskrækkelig efter igjen at see den deilige Prindsesse, og saa kom da Hunden om Natten, tog hende og løb alt hvad den kunde, men den gamle Hofdame tog Vandstøvler paa, og løb ligesaa stærkt bagefter; da hun saae, at de blev borte inde i et stort Huus, tænkte hun, nu veed jeg hvor det er, og skrev med et Stykke Kridt et stort Kors paa Porten. Saa gik hun hjem og lagde sig, og Hunden kom ogsaa igjen med Prindsessen; men da han saae, at der var skrevet et Kors paa Porten, hvor Soldaten boede, tog han ogsaa et Stykke Kridt og satte Kors paa alle Portene i hele Byen, og det var klogt gjort, for nu kunde jo Hofdamen ikke finde den rigtige Port, naar der var Kors paa dem allesammen.

Om Morgenen tidlig kom Kongen og Dronningen, den gamle Hofdame og alle Officererne for at see, hvor det var, Prindsessen havde været!

"Der er det!" sagde Kongen, da han saae den første Port med et Kors paa.

"Nei der er det, min søde Mand!" sagde Dronningen, der saae den anden Port med Kors paa.

"Men der er eet og der er eet!" sagde de allesammen; hvor de saae, var der Kors paa Portene. Saa kunde de da nok see, det kunde ikke hjelpe noget at de søgte.

Men Dronningen var nu en meget klog Kone, der kunde mere, end at kjøre i Kareth. Hun tog sin store Guldsax, klippede et stort Stykke Silketøi i Stykker, og syede saa en lille nydelig Pose; den fyldte hun med smaae, fine Boghvedegryn, bandt den paa Ryggen af Prindsessen, og da det var gjort, klippede hun et lille Hul paa Posen, saa Grynene kunde drysse hele Veien, hvor Prindsessen kom.

Om Natten kom da Hunden igjen, tog Prindsessen paa sin Ryg, og løb med hende hen til Soldaten, der holdt saa meget af hende, og vilde saa gjerne have været en Prinds, for at faae hende til Kone.

Hunden mærkede slet ikke, hvorledes Grynene dryssede lige henne fra Slottet og til Soldatens Vindue, hvor han løb op ad

Muren med Prindsessen. Om Morgenen saae da Kongen og Dronningen nok hvor deres Datter havde været henne, og saa tog de Soldaten og satte ham i Cachotten.

Der sad han. Uh, hvor der var mørkt og kjedeligt, og saa sagde de til ham; imorgen skal du hænges. Det var ikke morsomt at høre, og sit Fyrtøi havde han glemt hjemme paa Vertshuset. Om Morgenen kunde han mellem Jernstængerne i det lille Vindue see Folk skynde sig ud af Byen, for at see ham hænges. Han hørte Trommerne og saae Soldaterne marchere. Alle Mennesker løb afsted; der var ogsaa en Skomagerdreng med Skjødskind og Tøfler paa, han travede saadan i Gallop, at hans ene Tøffel fløi af og lige hen mod Muren hvor Soldaten sad og kigede ud mellem Jernstængerne.

"Ei, du Skomagerdreng! Du skal ikke have saadant et Hastværk," sagde Soldaten til ham, "der bliver ikke noget af, før jeg kommer! men vil du ikke løbe hen, hvor jeg har boet, og hente mig mit Fyrtøi, saa skal Du faae fire Skilling! men Du maa tage Benene med Dig!" Skomagerdrengen vilde gjerne have de fire Skilling, og pilede afsted hen efter Fyrtøiet, gav Soldaten det, og - ja nu skal vi faae at høre!

Udenfor Byen var der muret en stor Galge, rundt om stod Soldaterne og mange hundrede tusinde Mennesker. Kongen og Dronningen sad paa en deilig Throne lige over for Dommeren og det hele Raad.

Soldaten stod allerede oppe paa Stigen, men da de vilde slaae Strikken om hans Hals, sagde han, at man jo altid tillod en Synder før han udstod sin Straf, at faae et uskyldigt Ønske opfyldt. Han vilde saa gjerne ryge en Pibe Tobak, det var jo den sidste Pibe han fik i denne Verden.

Det vilde nu Kongen ikke sige nei til, og saa tog Soldaten sit Fyrtøi og slog Ild, een, to, tre! og der stod alle Hundene, den med Øine saa store som Theekopper, den med Øine som et Møllehjul og den, der havde Øine saa store som Rundetaarn!

"Hjelp mig nu, at jeg ikke bliver hængt!" sagde Soldaten, og saa foer Hundene ind paa Dommerne og hele Raadet, tog en ved

Benene og en ved Næsen og kastede dem mange Favne op i Veiret, saa de faldt ned og sloges reent i Stykker

"Jeg vil ikke!" sagde Kongen, men den største Hund tog baade ham og Dronningen, og kastede dem bagefter alle de Andre; da blev Soldaterne forskrækkede og alle Folkene raabte: "lille Soldat, Du skal være vor Konge og have den deilige Prindsesse!"

Saa satte de Soldaten i Kongens Kareth, og alle tre Hunde dansede foran og raabte "Hurra!" og Drengene peeb i Fingrene og Soldaterne presenterede. Prindsessen kom ud af Kobberslottet og blev Dronning, og det kunde hun godt lide! Brylluppet varede i otte Dage, og Hundene sad med til Bords og gjorde store Øine.

Hvad Fatter gjør, det er altid det Rigtige (1861)

Nu skal jeg fortælle Dig en Historie, som jeg har hørt, da jeg var Lille, og hver Gang jeg siden har tænkt paa den, synes jeg at den blev meget kjønnere; for det gaaer med Historier ligesom med mange Mennesker, de blive kjønnere og kjønnere med Alderen, og det er saa fornøieligt!

Du har jo været ude paa Landet? Du har seet et rigtigt gammelt Bondehuus med Straatag; Mos og Urter voxe der af sig selv; en Storkerede er der paa Rygningen, Storken kan man ikke undvære, Væggene ere skjeve, Vinduerne lave, ja, der er kun et eneste, der kan lukkes op; Bagerovnen strutter frem ligesom en lille tyk Mave, og Hyldebusken helder hen over Gjerdet, hvor der er en lille Pyt Vand med en And eller Ællinger, lige under det knudrede Piletræ. Ja, og saa er der en Lænkehund, der gjøer af Alle og Enhver.

Netop saadant et Bondehuus var der ude paa Landet, og i det boede et Par Folk, Bondemand og Bondekone. I hvor Lidt de havde, kunde de dog undvære eet Stykke, det var en Hest, der gik og græssede paa Landeveis-Grøften. Fader red paa den til Byen, Naboerne laante den, og han fik Tjeneste for Tjeneste, men det var nok mere tjensomt for dem at sælge Hesten eller bytte den for Eet og Andet, der endnu mere kunde være dem til Gavn. Men hvad skulde det være.

"Det vil Du, Fatter, bedst forstaae!" sagde Konen, "nu er der Marked i Kjøbstaden, rid Du derind, faae Penge for Hesten eller gjør et godt Bytte; som Du gjør, er det altid det Rigtige. Rid til Markedet!"

Og saa bandt hun hans Halsklud, for det forstod hun dog bedre end han, hun bandt med dobbelt Sløife, det saae galant ud, og saa pudsede hun hans Hat med sin flade Haand, og hun kyssede ham paa hans varme Mund, og saa red han afsted paa Hesten, som skulde sælges eller byttes bort. Jo, Fatter forstod det.

Solen brændte, der var ingen Skyer oppe; Veien støvede, der vare saa mange Markedsfolk, til Vogns og til Hest og paa deres egne Been. Det var en Solhede, og der var ikke Skygge skabt paa Veien.

Der gik En og drev en Ko, den var saa nydelig, som en Ko kan være. "Den giver vist deilig Melk!" tænkte Bondemanden, det kunde være et ganske godt Bytte at faae den. "Veed Du hvad, Du med Koen!" sagde han, "skulle vi To ikke tale lidt sammen! seer Du, en Hest, troer jeg nok, koster mere end en Ko, men det er det Samme! jeg har mere Gavn af Koen; skal vi bytte?"

"Ja nok!" sagde Manden med Koen og saa byttede de.

Nu var det gjort, og saa kunde Bondemanden have vendt om, han havde jo udrettet, hvad han vilde, men da han nu engang havde betænkt at ville komme til Marked, saa vilde han komme til Marked, bare for at see paa det; og saa gik han med sin Ko. Han gik rask til, og Koen gik rask til, og saa kom de snart til at gaae lige ved Siden af en Mand, der førte et Faar. Det var et godt Faar, godt istand og godt med Uld.

"Det gad jeg nok eie!" tænkte Bonden. "Det vilde ikke komme til at savne Græsning paa vor Grøftekant, og til Vinter kunde man tage det ind i Stuen hos sig. I Grunden var det rigtigere af os at holde Faar, end holde Ko. Skal vi bytte?"

Ja, det vilde da nok Manden, som havde Faaret, og saa blev det Bytte gjort, og Bondemanden gik med sit Faar hen ad Landeveien. Der ved Stenten saae han en Mand med en stor Gaas under Armen.

"Det er en svær Een, Du der har!" sagde Bondemanden, "den har baade Fjer og Fedt! den kunde tage sig godt ud i Tøir ved vor Vandpyt! den var Noget for Moder at samle Skrællinger til! Hun har tidt sagt, "bare vi havde en Gaas!" nu kan hun da faae den - og hun skal faae den! vil Du bytte? Jeg giver Dig Faaret for Gaasen og Tak til!"

Ja, det vilde da den Anden nok, og saa byttede de; Bondemanden fik Gaasen. Nær ved Byen var han, Trængselen paa Veien tog til, der var en Mylren af Folk og Fæ; de gik paa Vei og paa Grøft lige op i Bommandens Kartofler, hvor hans Høne stod tøiret for ikke i Forskrækkelse af forvilde sig og blive borte. Det var en stumprumpet Høne, der blinkede med det ene Øie, saae godt ud. "Kluk, kluk!" sagde den; hvad den tænkte derved, kan jeg ikke sige, men Bondemanden tænkte, da han saae hende: hun er den skjønneste Høne, jeg endnu har seet, hun er kjønnere end Præstens Liggehøne, den gad jeg nok eie! en Høne finder altid et Korn, den kan næsten sørge for sig selv! jeg troer, at det er et godt Bytte, om jeg fik den for Gassen! "skal vi bytte?" spurgte han. "Bytte!" sagde den Anden, "ja det var jo ikke saa galt!" og saa byttede de. Bommanden fik Gaasen, Bondemanden fik Hønen.

Det var en heel Deel, han havde udrettet paa den Reise til Byen; og varmt var det, og træt var han. En Dram og en Bid Brød trængte han til; nu var han ved Kroen, der vilde han ind; men Krokarlen vilde ud, ham mødte han lige i Døren med en Pose svingende fuld af Noget.

"Hvad har Du der?" spurgte Bondemanden.

"Raadne Æbler!" svarede Karlen, "en heel Sæk fuld til Svinene!"

"Det er da en farlig Mængde! det Syn undte jeg Mo'er. Vi havde ifjor kun et eneste Æble paa det gamle Træ ved Tørvehuset! det Æble skulde gjemmes, og det stod paa Dragkisten til det sprak. Det er altid en Velstand! sagde vor Mo'er, her kunde hun faae Velstand at see! ja, jeg kunde unde hende det!"

"Ja, hvad giver I?" spurgte Karlen.

"Giver? Jeg giver min Høne i Bytte," og saa gav han Hønen i Bytte, fik Æblerne og gik ind i Krostuen, lige hen til Skjenken, sin Sæk med Æblerne stillede han op mod Kakkelovnen, og der var lagt i, det betænkte han ikke. Mange Fremmede var her i Stuen, Hestehandlere, Studehandlere og to Englændere, og de ere saa rige, at deres Lommer revne af Guldpenge; Veddemaal gjøre de, nu skal Du høre!

"Susss! susss!" hvad var det for en Lyd ved Kakkelovnen? Æblerne begyndte at stege. "Hvad er det?" Ja, det fik de da snart at vide! hele Historien om Hesten, der var byttet bort for Koen og lige ned til de raadne Æbler.

"Naa! Du faaer Knubs af Mutter, naar Du kommer hjem!" sagde Englænderne, "der vil ligge et Huus!"

"Jeg faaer Kys og ikke Knubs!" sagde Bondemanden, "vor Mo'er vil sige: hvad Fatter gjør, er det Rigtige!"

"Skal vi vedde!" sagde de, "Guldmønt i Pundeviis! hundrede Pund er et Skippund!"

"Det er nok at give Skjeppen fuld!" sagde Bondemanden, "jeg kan kun stille Skjeppen fuld med Æbler og mig selv og Mutter med, men det er da Mere end Strygmaal, det er Topmaal!"

"Top! top!" sagde de, og saa var Veddemaalet gjort.

Kromandens Vogn kom frem, Englænderne kom op, Bondemanden kom op, de raadne Ælber kom op, og saa kom de til Bondens Huus.

"God Aften, Mo'er!"

"Tak, Fa'er!"

"Nu har jeg gjort Bytte!"

"Ja, Du forstaaer det!" sagde Konen, tog ham om Livet og glemte baade Pose og de Fremmede.

"Jeg har byttet Hesten bort for en Ko!"

"Gud skee Lov for Melken!" sagde Konen, "nu kan vi faae Melkemad, Smør og Ost paa Bordet. Det var et deiligt Bytte!"

"Ja, men Koen byttede jeg igjen bort for et Faar!"

"Det er bestemt ogsaa bedre!" sagde Konen, "Du er altid betænksom; til et Faar har vi just fuldt op af Græsning. Nu kan vi faae Faaremelk og Faareost og uldne Strømper, ja, ulden Nattrøie! den giver Koen ikke! hun taber Haarene! Du er en inderlig betænksom Mand!"

"Men Faaret har jeg byttet bort for en Gaas!"

"Skal vi virkelig have Mortensgaas iaar, lille Fatter! Du tænker altid paa at fornøie mig! det er en yndig Tanke af Dig! Gaasen kan staae i Tøir og blive endnu mere fed til Mortensdag!"

"Men Gaasen har jeg byttet bort for en Høne!" sagde Manden.

"Høne! detvar et godt Bytte sagde Konen, "Hønen lægger Æg, den ruger ud, vi faae Kyllinger, vi faae Hønsegaard! det har jeg just saa inderligt ønsket mig!"

"Ja, men Hønen byttede jeg bort for en Pose raadne Æbler!"

"Nu maa jeg kysse Dig!" sagde Konen, "Tak, min egen Mand! Nu skal jeg fortælle Dig Noget. Da Du var afsted, tænkte jeg paa at lave et rigtigt godt Maaltid til Dig: Æggekage med Purløg. Æggene havde jeg, Løgene manglede mig. Saa gik jeg over til Skoleholderens, der har de Purløg, veed jeg, men Konen er gjerrig, det søde Asen! jeg bad om at laane -! laane? sagde hun. Ingenting groer i vor Have, ikke engang et raaddent Æble" ikke det kan jeg laane hende! nu kan jeg laane hende ti, ja, en heel Pose fuld! det er Grin, Fa'er!" og saa kyssede hun ham lige midt paa Munden.

"Det kan jeg lide!" sagde Englænderne. "Altid ned ad Bakke og altid lige glad! det er nok Pengene værd!" og saa betalte de et Skippund Guldpenge til Bondemanden, som fik Kys og ikke Knubs.

Jo, det lønner sig altid, at Konen indseer og forklarer at Fatter er den Klogeste, og hvad han gjør, er det Rigtige.

See, det er nu en Historie! den har jeg hørt som Lille, og nu har Du ogsaa hørt den og veed, at hvad Fatter gjør, det er altid det Rigtige.

Hyrdinden og Skorstensfejeren (1845)

Har Du nogensinde seet et rigtig gammelt Træskab, ganske sort af Alderdom og skaaret ud med Snirkler og Løvværk? Just saadant et stod der i en Dagligstue, der var arvet fra Oldemoder, og udskaaret med Roser og Tulipaner fra øverst til nederst; der vare de underligste Snirkler og mellem dem stak smaa Hjorte Hovedet frem med mange Takker, men midt paa Skabet stod snittet en heel Mand, han var rigtignok griinagtig at see paa og grine gjorde han, man kunde ikke kalde det at lee, han havde Gjedebukkebeen, smaa Horn i Panden og et langt Skjæg. Børnene i Stuen kaldte ham altid Gjedebukkebeens-Overogundergeneralkrigs-kommandeer-sergeanten, for det var et svært Navn at sige, og der ere ikke mange der faae den Titel; men at lade ham skjære ud det var ogsaa noget. Dog nu var han der jo! altid saae han hen til Bordet under Speilet, for der stod en yndig lille Hyrdinde af Porcelain; Skoene vare forgyldte, Kjolen nydelig hæftet op med en rød Rose og saa havde hun Guldhat og Hyrdestav; hun var deilig. Tæt ved hende stod en lille Skorsteensfeier, saa sort som et Kul, men iøvrigt ogsaa af Porcelain; han var ligesaa reen og peen som nogen Anden, at han var Skorsteensfeier, det var jo bare noget han forestillede, Porcelainsmageren kunde ligesaa godt have gjort en Prinds af ham, for det var eet!

Der stod han med sin Stige saa nydeligt, og med et Ansigt, saa hvidt og rødt, som en Pige og det var egentligt en Feil, for lidt sort kunde han gjerne have været. Han stod ganske nær ved Hyrdinden; de vare begge to stillede hvor de stode, og da de nu vare stillede, saa havde de forlovet sig, de passede jo for hinanden, de vare unge Folk, de vare af samme Porcelain og begge lige skrøbelige.

Tæt ved dem stod der nok en Dukke, der var tre Gange større, det var en gammel Chineser, som kunde nikke; han var ogsaa af Porcelain og sagde at han var Bedstefader til den lille Hyrdinde, men det kunde han nok ikke bevise, han paastod at han havde Magt over hende, og derfor havde han nikket til Gjedebukkebeens-Overogundergeneralkrigs-komman-deer-sergeanten, der friede til den lille Hyrdinde.

"Der faaer Du en Mand," sagde den gamle Chineser, "en Mand, som jeg næsten troer er af Mahognitræ, han kan gjøre Dig til Gjedebukkebeens-Overogundergeneralkrigs-komman-deer sergeantinde, han har hele Skabet fuldt af Sølvtøj, foruden hvad han har i de hemmelige Gjemmer!"

"Jeg vil ikke ind i det mørke Skab!" sagde den lille Hyrdinde, "jeg har hørt sige, at han har derinde elleve Porcelains Koner!" -

"Saa kan Du være den tolvte!" sagde Chineseren, "inat, saasnart det knager i det gamle Skab, skal I have Bryllup, saasandt som jeg er en Chineser!" og saa nikkede han med Hovedet og faldt i Søvn.

Men den lille Hyrdinde græd og saae paa sin Hjertensallerkjæreste, den Porcelains Skorsteensfeier.

"Jeg troer jeg vil bede Dig," sagde hun, "at Du vil gaae med mig ud i den vide Verden, for her kunne vi ikke blive!"

"Jeg vil alt hvad Du vil!" sagde den lille Skorsteensfeier, "lad os strax gaae, jeg tænker nok jeg kan ernære Dig ved Professionen!"

"Bare vi vare vel nede af Bordet!" sagde hun, "jeg bliver ikke glad før vi ere ude i den vide Verden!"

Og han trøstede hende og viste hvor hun skulde sætte sin lille Fod paa de udskaarne Kanter og det forgyldte Løvværk ned om Bordbenet, sin Stige tog han ogsaa til Hjælp og saa vare de nede paa Gulvet, men da de saae hen til det gamle Skab, var der saadant et Røre; alle de udskaarne Hjorte stak Hovederne længere frem, reiste Takkerne og dreiede med Halsen; Gjedebukkebeens-

Overogundergeneralkrigs-komman-deer-sergeanten sprang høit i Veiret, og raabte over til den gamle Chineser, "nu løbe de! nu løbe de!"

Da bleve de lidt forskrækkede, og sprang gesvindt op i Skuffen til Forhøiningen.

Her laae tre, fire Spil Kort, som ikke vare complette og et lille Dukke-Theater, der var reist op, saa godt det lod sig gjøre; der blev spillet Komedie og alle Damerne, baade Ruder og Hjerter, Kløver og Spader, sade i første Række og viftede sig med deres Tulipan og bag ved dem stode alle Knægtene og viste at de havde Hoved, baade foroven og forneden, saaledes som Spille-Kort have det. Komedien handlede om to, som ikke maatte faae hinanden, og Hyrdinden græd derover, for det var ligesom hendes egen Historie.

"Det kan jeg ikke holde ud!" sagde hun. "Jeg maa op af Skuffen!" men da de kom paa Gulvet og saae op til Bordet, saa var den gamle Chineser vaagnet, og rokkede med hele Kroppen, han var jo en Klump forneden!

"Nu kommer den gamle Chineser!" skreg den lille Hyrdinde og saa faldt hun lige ned paa sine Porcelains Knæe, saa bedrøvet var hun.

"Jeg faaer en Tanke," sagde Skorsteensfeieren, "skulle vi krybe ned i den store Potpourrikrukke der staaer i Krogen, der kunne vi ligge paa Roser og Lavendler og kaste ham Salt i Øinene naar han kommer."

"Det kan ikke forslaae!" sagde hun, "desuden veed jeg at gamle Chineser og Potpourrikrukken have været forlovede og der bliver altid lidt Godhed tilbage naar man saaledes har staaet i Forhold! nei der er ikke andet for end at gaae ud i den vide Verden!"

"Har Du virkelig Mod til at gaae med mig ud i den vide Verden?" spurgte Skorsteensfeieren. "Har Du betænkt hvor stor den er, og at vi aldrig mere kunne kommer her tilbage!"

"Det har jeg!" sagde hun.

Og Skorsteensfeieren saae ganske stivt paa hende og saa sagde han: "Min Vei gaaer gjennem Skorstenen! har Du virkelig Mod til at krybe med mig gjennem Kakkelovnen baade gjennem Tromlen og Røret? saa komme vi ud i Skorstenen og der forstaaer jeg at bruge mig! vi stige saa høit at de ikke kunne naae os, og øverst oppe er der et Hul ud til den vide Verden!"

Og han førte hende hen til Kakkelovns-Døren.

"Der seer sort ud!" sagde hun, men hun gik dog med ham, baade gjennem Tromlen og gjennem Røret, hvor der var den bælmørke Nat.

"Nu ere vi i Skorstenen!" sagde han, "og see! see! ovenover skinner den deiligste Stjerne!"

Og det var en virkelig Stjerne paa Himmelen, der skinnede lige ned til dem, ligesom om den vilde vise dem Veien. Og de kravlede og de krøb, en gruelig Vei var det, saa høit, saa høit; men han løftede og lettede, han holdt hende og viste de bedste Steder hvor hun skulde sætte sine smaa Porcelains Fødder og saa naaede de lige op til Skorsteens-Randen og paa den satte de sig, for de vare rigtignok trætte og det kunde de ogsaa være.

Himlen med alle sine Stjerner vare oven over, og alle Byens Tage neden under; de saae saa vidt omkring, saa langt ud i Verden; den stakkels Hyrdinde havde aldrig tænkt sig det saaledes, hun lagde sit lille Hoved op til sin Skorsteensfeier og saa græd hun, saa at Guldet sprang af hendes Livbaand.

"Det er altfor meget!" sagde hun. "Det kan jeg ikke holde ud! Verden er altfor stor! gid jeg var igjen paa det lille Bord under Speilet! jeg bliver aldrig glad før jeg er der igjen! nu har jeg fulgt Dig ud til den vide Verden, nu kan Du gjerne følge mig hjem igjen, dersom Du holder noget af mig!"

Og Skorsteensfeiren talte fornuftig for hende, talte om gamle Chineser og om Gjedebukkebeens-Overogundergeneralkrigs-komman-deer-sergeanten, men hun hulkede saa gruelig, og kyssede sin lille Skorsteensfeier, saa han kunde ikke andet end føie hende, skjøndt det var galt.

Og sa kravlede de igjen med stor Besværlighed ned af Skorstenen, og de krøb gjennem Tromlen og Røret, det var slet ikke rart, og saa stode de i den mørke Kakkelovn; der lurede de bag Døren for at faae at vide, hvorledes det stod til i Stuen. Der var ganske stille; de kigede ud - ak, der laae midt paa Gulvet den gamle Chineser, han var faldet ned af Bordet, da han vilde efter dem og laae slaaet i tre Stykker; hele Ryggen var gaaet af i een Stump og Hovedet laae trillet hen i en Krog; Gjedebukkebeens-Overogundergeneralkrigs-komman-deer-sergeanten stod hvor han altid havde staaet og tænkte over.

"Det er grueligt!" sagde den lille Hyrdinde, "gamle Bedstefader er slaaet i Stykker, og vi ere Skyld deri! det kan jeg aldrig overleve!" og saa vred hun sine smaa bitte Hænder.

"Han kan klinkes endnu!" sagde Skorsteensfeieren. "Han kan meget godt klinkes! - Vær bare ikke saa heftig! naar de lime ham i Ryggen og give ham en god Klinke i Nakken, saa vil han være saa god som ny igjen og kan sige os mange Ubehageligheder!"

"Troer Du?" sagde hun. Og saa krøb de op igjen paa Bordet hvor de før havde staaet.

"See saa langt kom vi!" sagde Skorsteensfeieren, "der kunde vi have sparet os al den Uleilighed!"

"Bare vi havde den gamle Bedstefader klinket!" sagde Hyrdinden. "Kan det være saa dyrt?"

Og klinket blev han; Familien lod ham lime i Ryggen, han fik en god Klinke i Halsen, han var saa god som ny, men nikke kunde han ikke.

"De er nok bleven hovmodig, siden De har været slaaet istykker!" sagde Gjedebukkebeens-Overogundergeneralkrigs-komman-deer-sergeanten, "jeg synes dog ikke, at det er noget at være saa forfærdeligt af! skal jeg have hende eller skal jeg ikke have hende?"

Og Skorsteensfeieren og den lille Hyrdinde saae saa rørende paa den gamle Chineser, de vare saa bange han skulde nikke, men han kunde ikke og det var ham ubehageligt at fortælle til en Fremmed, at han havde bestandig en Klinke i Nakken, og saa bleve de Porcelains Folk sammen og de velsignede Bedstefaders Klinke og holdt af hinanden til de gik i Stykker.

Kejserens nye Klæder (1837)

For mange Aar siden levede en Keiser, som holdt saa uhyre meget af smukke nye Klæder, at han gav alle sine Penge ud for ret at blive pyntet. Han brød sig ikke om sine Soldater, brød sig ei om Comedie eller om at kjøre i Skoven, uden alene for at vise sine nye Klæder. Han havde en Kjole for hver Time paa Dagen, og ligesom man siger om en Konge, han er i Raadet, saa sagde man altid her: "Keiseren er i Garderoben!" -

I den store Stad, hvor han boede, gik det meget fornøieligt til, hver Dag kom der mange Fremmede, een Dag kom der to Bedragere; de gave sig ud for at være Vævere og sagde, at de forstode at væve det deiligste Tøi, man kunde tænke sig. Ikke alene Farverne og Mønstret var noget usædvanligt smukt, men de Klæder, som blev syeede af Tøiet, havde den forunderlige Egenskab at de bleve usynlige for ethvert Menneske, som ikke duede i sit Embede, eller ogsaa var utilladelig dum.

"Det var jo nogle deilige Klæder," tænkte Keiseren; "ved at have dem paa, kunde jeg komme efter, hvilke Mænd i mit Rige der ikke due til det Embede de have, jeg kan kjende de kloge fra de dumme! ja det Tøi maa strax væves til mig!" og han gav de to

Bedragere mange Penge paa Haanden, for at de skulde begynde paa deres Arbeide.

De satte ogsaa to Væverstole op, lode som om de arbeidede, men de havde ikke det mindste paa Væven. Rask væk forlangte de den fineste Silke, og det prægtigste Guld; det puttede de i deres egen Pose og arbeidede med de tomme Væve, og det til langt ud paa Natten.

"Nu gad jeg nok vide, hvor vidt de ere med Tøiet!" tænkte Keiseren, men han var ordentligt lidt underlig om Hjertet ved at tænke paa, at den, som var dum, eller slet passede til sit Embede, ikke kunde see det, nu troede han nok, at han ikke behøvede at være bange for sig selv, men han vilde dog sende nogen først for at see, hvorledes det stod sig. Alle Mennesker i hele Byen vidste, hvilken forunderlig Kraft Tøiet havde, og alle vare begjærlige efter at see, hvor daarlig eller dum hans Naboe var.

"Jeg vil sende min gamle ærlige Minister hen til Væverne!" tænkte Keiseren, "han kan bedst see, hvorledes Tøiet tager sig ud, for han har Forstand, og ingen passer sit Embede bedre end han!"

Nu gik den gamle skikkelige Minister ind i Salen, hvor de to Bedragere sad og arbeidede med de tomme Væve. "Gud bevar' os!" tænkte den gamle Minister og spilede Øinene op! "jeg kan jo ikke se noget!" Men det sagde han ikke.

Begge Bedragere bad ham være saa god at træde nærmere og spurgte, om det ikke var et smukt Mønster og deilige Farver. Saa pegede de paa den tomme Væv, og den stakkels gamle Minister blev ved at spile Øinene op, men han kunde ikke see noget, for der var ingen Ting. "Herre Gud!" tænkte han, "skulde jeg være dum! Det har jeg aldrig troet, og det maa ingen Mennesker vide! skulde jeg ikke due til mit Embede? Nei det gaaer ikke an, at jeg fortæller, jeg ikke kan see Tøiet!"

"Naa, de siger ikke noget om det!" sagde den ene, som vævede!

"O det er nydeligt! ganske allerkjæreste!" sagde den gamle Minister og saae igjennem sine Briller, "dette Mønster og disse Farver! - ja, jeg skal sige Keiseren, at det behager mig særdeles!"

"Naa det fornøier os!" sagde begge Væverne, og nu nævnede de Farverne ved Navn og det sælsomme Mønster. Den gamle Minister hørte godt efter, for at han kunde sige det samme, naar han kom hjem til Keiseren, og det gjorde han.

Nu forlangte Bedragerne flere Penge, mere Silke og Guld, det skulde de bruge til Vævning. De stak Alt i deres egne Lommer, paa Væven kom ikke en Trevl, men de bleve ved, som før, at væve paa den tomme Væv.

Keiseren sendte snart igjen en anden skikkelig Embedsmand hen for at see, hvorledes det gik med Vævningen, og om Tøiet snart var færdigt. Det gik ham ligesom den anden, han saae og saae, men da der ikke var noget uden de tomme Væve, kunde han ingen Ting see.

"Ja, er det ikke et smukt Stykke Tøi!" sagde begge Bedragerne og viste og forklarede det deilige Mønster, som der slet ikke var.

"Dum er jeg ikke!" tænkte Manden, "det er altsaa mit gode Embede, jeg ikke duer til? Det var løierligt nok! men det maa man ikke lade sig mærke med!" og saa roste han Tøiet, han ikke saae, og forsikrede dem sin Glæde over de skjønne Couleurer og det deilige Mønster. "Ja det er ganske allerkjæreste!" sagde han til Keiseren.

Alle Mennesker i Byen talte om det prægtige Tøi.

Nu vilde da Keiseren selv see det, medens det endnu var paa Væven. Med en heel Skare af udsøgte Mænd, mellem hvilke de to gamle skikkelige Embedsmænd vare, som før havde været der, gik han hen til begge de listige Bedragere, der nu vævede af alle Kræfter, men uden Trevl eller Traad.

"Ja er det ikke magnifique!" sagde begge de skikkelige Embedsmænd. "Vil deres Majestæt see, hvilket Mønster, hvilke Farver!" og saa pegede de paa den tomme Væv, thi de troede, de andre vistnok kunde see Tøiet.

"Hvad for noget!" tænkte Keiseren, "jeg seer ingen Ting! det er jo forfærdeligt! er jeg dum? duer jeg ikke til at være Keiser? Det var det skrækkeligste, som kunde arrivere mig! "O det er meget smukt!" sagde Keiseren, "det har mit allerhøieste Bifald!" og han nikkede tilfreds og betragtede den tomme Væv; han vilde ikke sige, at han ingen Ting kunde see. Hele Følget, han havde med sig, saae og saae, men fik ikke mere ud af det, end alle de Andre, men de sagde ligesom Keiseren, "o det er meget smukt!" og de raadede ham at tage disse nye, prægtige Klæder paa første Gang, ved den store Procession, som forestod. "Det er magnifique! nysseligt, excellent!" gik det fra Mund til Mund, og man var allesammen saa inderligt fornøiede dermed. Keiseren gav hver af Bedragerne et Ridderkors til at hænge i Knaphullet og Titel af Vævejunkere.

Hele Natten før den Formiddag Processionen skulde være, sad Bedragerne oppe og havde over sexten Lys tændte. Folk kunde see, de havde travlt med at faae Keiserens nye Klæder færdige. De lode, som de toge Tøiet af Væven, de klippede i Luften med store Saxe, de syede med Syenaal uden Traad og sagde tilsidst: "see nu er Klæderne færdige!"

Keiseren, med sine fornemste Cavalerer, kom selv derhen og begge Bedragerne løftede den ene Arm i Veiret ligesom om de holdt noget og sagde: "see her er Beenklæderne! her er Kjolen! her Kappen!" og saaledes videre fort. "Det er saa let, som Spindelvæv! man skulde troe man havde ingen Ting paa Kroppen, men det er just Dyden ved det!"

"Ja!" sagde alle Cavalererne, men de kunde ingen Ting see, for der var ikke noget.

"Vil nu deres keiserlige Majestæt allernaadigst behage at tage deres Klæder af!" sagde Bedragerne, "saa skal vi give dem de nye paa, herhenne foran det store Speil!"

Keiseren lagde alle sine Klæder, og Bedragerne bare sig ad, ligesom om de gave ham hvert Stykke af de nye, der skulde være syede, og Keiseren vendte og dreiede sig for Speilet.

"Gud hvor de klæde godt! hvor de sidde deiligt!" sagde de allesammen. "Hvilket Mønster! hvilke Farver! det er en kostbar Dragt!"

"Uden for staae de med Thronhimlen, som skal bæres over deres Majestæt i Processionen!" sagde Overceremonimesteren.

"Ja jeg er jo istand!" sagde Keiseren. "Sidder det ikke godt?" og saa vendte han sig nok engang for Speilet! for det skulde nu lade ligesom om han ret betragtede sin Stads.

Kammerherrerne, som skulde bære Slæbet, famlede med Hænderne hen ad Gulvet, ligesom om de toge Slæbet op, de gik og holdt i Luften, de turde ikke lade sig mærke med, at de ingenting kunde see.

Saa gik Keiseren i Processionen under den deilige Thronhimmel og alle Mennesker paa Gaden og i Vinduerne sagde: "Gud hvor Keiserens nye Klæder ere mageløse! hvilket deiligt Slæb han har paa Kjolen! hvor den sidder velsignet!" Ingen vilde lade sig mærke med, at han intet saae, for saa havde han jo ikke duet i sit Embede, eller været meget dum. Ingen af Keiserens Klæder havde gjort saadan Lykke.

"Men han har jo ikke noget paa," sagde et lille Barn. "Herre Gud, hør den Uskyldiges Røst," sagde Faderen; og den Ene hvidskede til den Anden, hvad Barnet sagde.

"Men han har jo ikke noget paa," raabte tilsidst hele Folket. Det krøb i Keiseren, thi han syntes, de havde Ret, men han tænkte som saa: "nu maa jeg holde Processionen ud". Og Kammerherrerne gik og bar paa Slæbet, som der slet ikke var.

Klods Hans (1855)

Ude paa Landet var der en gammel Gaard, og i den var der en gammel Herremand, som havde to Sønner, der vare saa vittige, at det Halve var nok; de vilde frie til Kongens Datter og det turde de, for hun havde ladet kundgjøre at hun vilde tage til Mand, den, hun fandt bedst kunde tale for sig.

De To forberedte sig nu i otte Dage, det var den længste Tid de havde til det, men det var ogsaa nok, for de havde Forkundskaber og de ere nyttige. Den Ene kunde udenad hele det latinske Lexicon og Byens Avis for tre Aar, og det baade forfra og bagfra; den Anden havde gjort sig bekjendt med alle Laugs-Artiklerne og hvad hver Oldermand maatte vide, saa kunde han tale med om Staten, meente han, dernæst forstod han ogsaa at brodere Seler, for han var fiin og fingernem.

"Jeg faaer Kongedatteren!" sagde de begge To, og saa gav deres Fader dem hver en deilig Hest; han, som kunde Lexiconet og Aviserne fik en kulsort, og han, som var oldermands-klog og broderede fik en melkehvid, og saa smurte de sig i Mundvigerne med Levertran, forat de kunde blive mere smidige. Alle Tjenestefolkene vare nede i Gaarden for at see dem stige til Hest; i det samme kom den tredie Broder, for der var tre, men der var

Ingen der regnede ham med, som Broder, for han havde ikke saadan Lærdom som de To, og ham kaldte de bare Klods-Hans.

"Hvor skal I hen siden I er i Stadstøiet?" spurgte han.

"Til Hove for at snakke os Kongedatteren til! har Du ikke hørt hvad Trommen gaaer om over hele Landet!" og saa fortalte de ham det.

"Hille den, saa maa jeg nok med!" sagde Klods-Hans og Brødrene loe af ham og red afsted.

"Fader, lad mig faae en Hest!" raabte Klods-Hans. "Jeg faaer saadan en Lyst til at gifte mig. Ta'er hun mig, saa ta'er hun mig! og ta'er hun mig ikke, saa ta'er jeg hende alligevel!

"Det er noget Snak!" sagde Faderen, "Dig giver jeg ingen Hest. Du kan jo ikke tale! nei, Brødrene det er Stads-Karle!"

"Maa jeg ingen Hest faae!" sagde Klods-Hans, "saa ta'er jeg Gedebukken, den er min egen, og den kan godt bære mig!" og saa satte han sig skrævs over Gedebukken, stak sine Hæle i Siden paa den og foer afsted hen ad Landeveien. Hui! hvor det gik. "Her kommer jeg!" sagde Klods-Hans, og saa sang han saa at det skingrede efter.

Men Brødrene red ganske stille forud; de talte ikke et Ord, de maatte tænke over paa alle de gode Indfald, de vilde komme med, for det skulde nu være saa udspekuleret!

"Halehoi!" raabte Klods-Hans, "her kommer jeg! see hvad jeg fandt paa Landeveien!" og saa viste han dem en død Krage, han havde fundet!

"Klods!" sagde de, "hvad vil Du med den?"

"Den vil jeg forære til Kongedatteren!"

"Ja, gjør Du det!" sagde de, loe og red videre.

"Halehoi! her kommer jeg! see, hvad jeg nu har fundet, det finder man ikke hver Dag paa Landeveien!"

Og Brødrene vendte om igjen for at see hvad det var. "Klods!" sagde de, "det er jo en gammel Træsko, som Overstykket er gaaet af! skal Kongedatteren ogsaa ha' den?"

"Det skal hun!" sagde Klods-Hans; og Brøderne loe og de red og de kom langt forud.

"Halehoi! her er jeg!" raabte Klods-Hans; "nei, nu bliver det værre og værre! halehoi! det er mageløst!"

"Hvad har Du nu fundet!" sagde Brødrene.

"O!" sagde Klods-Hans, "det er ikke til at tale om! hvor hun vil blive glad, Kongedatteren!"

"Uh!" sagde Brødrene, "det er jo Pludder der er kastet lige op af Grøften!"

"Ja det er det!" sagde Klods-Hans, "og det er den fineste Slags, man kan ikke holde paa den!" og saa fyldte han Lommen.

Men Brødrene red alt hvad Tøiet kunde holde, og saa kom de en heel Time forud og holdt ved Byens Port, og der fik Frierne Nummer eftersom de kom, og blev sat i Række, sex i hvert Geled og saa tæt at de ikke kunde røre Armene, og det var nu meget godt, for ellers havde de sprættet Rygstykkerne op paa hverandre, bare fordi den Ene stod foran den Anden.

Alle Landets øvrige Indvaanere stode rundt om Slottet, lige op til Vinduerne for at see Kongedatteren tage mod Frierne, og ligesom een af dem kom ind i Stuen, slog Talegaven klik for ham.

"Duer ikke!" sagde Kongedatteren. "Væk!"

Nu kom den af Brødrene, som kunde Lexiconet, men det havde han reent glemt ved at staae i Række, og Gulvet knirkede og Loftet var af Speilglas, saa at han saae sig selv paa Hovedet, og ved hvert Vindue stode tre Skrivere og en Oldermand, der hver skrev op Alt hvad der blev sagt, at det strax kunde komme i Avisen og sælges for to Skilling paa Hjørnet. Det var frygteligt, og saa havde de fyret saadan i Kakkelovnen, at den var rød i Tromlen!

"Det er en svær Varme her er herinde!" sagde Frieren.

"Det er fordi min Fader i Dag steger Hanekyllinger!" sagde Kongedatteren.

"Bæ!" der stod han, den Tale havde han ikke ventet; ikke et Ord vidste han at sige, for noget Morsomt vilde han have sagt. Bæ!

"Duer ikke!" sagde Kongedatteren. "Væk!" og saa maatte han afsted. Nu kom den anden Broder.

"Her er en forfærdelig Hede!" - sagde han.

"Ja, vi stege Hanekyllinger i Dag!" sagde Kongedatteren.

"Hvad be - hvad?" sagde han, og alle Skriverne skrev Hvad be - hvad!

"Duer ikke!" sagde Kongedatteren. "Væk!"

Nu kom Klods-Hans, han red paa Gedebukken lige ind i Stuen. "Det var da en gloende Hede! sagde han.

"Det er fordi jeg steger Hanekyllinger!" sagde Kongedatteren.

"Det var jo rart det!" sagde Klods-Hans, "saa kan jeg vel faae en Krage stegt?"

"Det kan De meget godt!" sagde Kongedatteren, "men har De Noget at stege den i, for jeg har hverken Potte eller Pande!"

"Men det har jeg!" sagde Klods-Hans. "Her er Kogetøi med Tinkrampe!" og saa trak han den gamle Træsko frem og satte Kragen midt i den.

"Det er til et heelt Maaltid!" sagde Kongedatteren, "men hvor faae vi Dyppelse fra!"

"Den har jeg i Lommen!" sagde Klods-Hans. "Jeg har saa meget jeg kan spilde af det!" og saa heldte han lidt Pludder af Lommen.

"Det kan jeg lide!" sagde Kongedatteren, "Du kan da svare! og Du kan tale og Dig vil jeg have til Mand! men veed Du, at hvert Ord vi sige og har sagt, skrives op og kommer imorgen i Avisen! ved hvert Vindue seer Du staae tre Skrivere og en gammel Oldermand, og Oldermanden er den Værste for han kan ikke forstaae!" og det sagde hun nu for at gjøre ham bange. Og alle Skriverne vrinskede og slog en Blæk-Klat paa Gulvet.

"Det er nok Herskabet!" sagde Klods-Hans, "saa maa jeg give Oldermanden det Bedste!" og saa vendte han sine Lommer og gav ham Pluddren i Ansigtet.

"Det var fiint gjort!" sagde Kongedatteren, "det kunde jeg ikke have gjort! men jeg skal nok lære det!"

Og saa blev Klods-Hans Konge, fik en Kone og en Krone og sad paa en Throne, og det har vi lige ud af Oldermandens Avis - og den er ikke til at stole paa!

Ole Lukøje (1842)

I hele Verden er der ingen, der kan saa mange Historier, som Ole Lukøie! - Han kan rigtignok fortælle!

Saadan ud paa Aftenen, naar Børn sidde nok saa net ved Bordet, eller paa deres Skammel, kommer Ole Lukøie; han kommer saa stille op ad Trappen; for han gaaer paa Hosesokker, han lukker ganske sagte Døren op og fut! saa sprøiter han Børnene sød Mælk ind i Øinene, saa fiint, saa fiint, men dog altid nok til at de ikke kunne holde Øinene aabne, og derfor ikke see ham; han lister sig lige bag ved, blæser dem sagte i Nakken, og saa blive de tunge i Hovedet, o ja! men det gjør ikke ondt, for Ole Lukøie mener det just godt med Børnene, han vil bare have at de skulle være rolige, og det ere de bedst, naar man faaer dem i Seng, de skulle være stille, for at han kan fortælle dem Historier. -

Naar Børnene nu sove, sætter Ole Lukøie sig paa Sengen; han er godt klædt paa, hans Frakke er af Silketøi, men det er ikke mueligt at sige, hvad Couleur den har, for den skinner grøn, rød og blaa, alt ligesom han dreier sig; under hver Arm holder han en Paraply, een med Billeder paa, og den sætter han over de gode Børn, og saa drømme de hele Natten de deiligste Historier, og een Paraply har han, hvor der slet intet er paa, og den sætter han over de uartige Børn, saa sove de saa tosset og har om Morgenen, naar de vaagne, ikke drømt det allermindste.

Nu skulle vi høre, hvorledes Ole Lukøie i en heel Uge kom hver Aften til en lille Dreng, som hed Hjalmar, og hvad han fortalte ham! Det er hele syv Historier, for der er syv Dage i en Uge.

"Hør nu engang!" sagde Ole Lukøie om Aftenen, da han havde faaet Hjalmar i Seng, "nu skal jeg pynte op!" og saa blev alle Blomsterne i Urtepotterne til store Træer, der strakte deres lange

Grene hen under Loftet og langs med Væggen, saa hele Stuen saae ud som det deiligste Lysthuus, og alle Grene vare fulde af Blomster, og hver Blomst var smukkere end en Rose, lugtede saa deilig, og vilde man spise den, var den sødere end Syltetøi! Frugterne glindsede ligesom Guld og saa vare der Boller der revnede af Rosiner, det var mageløst! men i det samme begyndte det at jamre sig saa forskrækkeligt henne i Bordskuffen, hvor Hjalmars Skolebøger laae.

"Hvad er nu det!" sagde Ole Lukøie og gik hen til Bordet og fik Skuffen op. Det var Tavlen, som det knugede og trykkede i, for der var kommet et galt Tal i Regnestykket, saa det var færdigt at falde fra hinanden; Griffelen hoppede og sprang i sit Seglgarnsbaand, ligesom den kunde være en lille Hund, den vilde hjælpe paa Regnestykket, men den kunde ikke! - Og saa var det Hjalmars Skrivebog, som det jamrede sig inden i, o det var ordentligt fælt at høre! langs ned paa hvert Blad stode alle de store Bogstaver, hvert med et lille ved Siden, en heel Række ned ad, det var saadan en Forskrift, og ved den igjen stode nogle Bogstaver, der troede de saae ud lige som den, for dem havde Hjalmar skrevet, de laae næsten ligesom om de vare faldne over Blyants-Stregen, hvilken de skulde staae paa.

"See, saadan skulde I holde Eder!" sagde Forskriften, "see, saadan til Siden, med et rask Sving!"

"O, vi ville gjerne," sagde Hjalmars Bogstaver, "men vi kunne ikke, vi ere saa daarlige!" "Saa skal I have Kinderpulver!" sagde Ole Lukøie.

"O nei!" raabte de, og saa stode de saa ranke at det var en Lyst!

"Ja nu faae vi ikke fortalt Historier!" sagde Ole Lukøie, "nu maa jeg exersere dem! een to! een to!" og saa exersered han Bogstaverne, og de stode saa ranke og saa sunde som nogen Forskrift kunde staae, men da Ole Lukøie gik, og Hjalmar om Morgenen saae til dem, saa vare de lige saa elendige som før.

Tirsdag.

Saasnart Hjalmar var i Seng, rørte Ole Lukøie med sin lille Troldsprøite ved alle Møblerne i Stuen og strax begyndte de at snakke, og Allesammen snakkede de om dem selv, undtagen Spyttebakken, den stod taus og ærgrede sig over, at de kunde være saa forfængelige, kun at tale om dem selv, kun at tænke paa dem selv og slet ikke at have Tanke for den, der dog stod saa beskeden i Krogen og lod sig spytte paa.

Der hang over Komoden et stort Maleri i en forgyldt Ramme, det var et Landskab, man saae høie gamle Træer, Blomster i Græsset og et stort Vand med en Flod, der løb om bag Skoven, forbi mange Slotte, langt ud i det vilde Hav.

Ole Lukøie rørte med sin Troldsprøite ved Maleriet og saa begyndte Fuglene derinde at synge, Træernes Grene bevægede sig og Skyerne toge ordentlig Flugt, man kunde see deres Skygge hen over Landskabet.

Nu løftede Ole Lukøie den lille Hjalmar op mod Rammen, og Hjalmar stak Benene ind i Maleriet, lige ind i det høie Græs og der stod han; Solen skinnede mellem Træernes Grene ned paa ham. Han løb hen til Vandet, satte sig i en lille Baad der laae; den var malet rød og hvid, Seilene skinnede som Sølv og sex Svaner alle med Guldkroner nede om Halsen og en straalende blaa Stjerne paa Hovedet, trak Baaden forbi de grønne Skove, hvor Træerne fortalte om Røvere og Hexe og Blomsterne om de nydelige smaa Alfer og hvad Sommerfuglene havde fortalt dem.

De deiligste Fiske, med Skjæl som Sølv og Guld, svømmede efter Baaden, imellem gjorde de et Spring saa det sagde Pladsk igjen i Vandet, og Fuglene, røde og blaa, smaa og store, fløi i to lange Rækker bag efter, Myggene dandsede og Oldenborren sagde bum, bum; de vilde allesammen følge Hjalmar, og hver havde de en Historie at fortælle!

Det vare rigtignok en Seiltour! snart vare Skovene saa tætte og saa mørke, snart vare de som den deiligste Have med Solskin og Blomster og der laae store Slotte af Glas og af Marmor; paa Altanerne stode Prindsesser, og alle vare de smaa Piger, som Hjalmar godt kjendte, han havde leget med dem før. De rakte Haanden ud hver og holdt den yndigste Sukkergriis, som nogen Kagekone kunde sælge, og Hjalmar tog i den ene Ende af Sukkergrisen, i det han seilede forbi, og Prindsessen holdt godt fast, og saa fik hver sit Stykke, hun det mindste, Hjalmar det allerstørste! Ved hvert Slot stode smaa Prindser Skildvagt, de skuldrede med Guldsabel og lode det regne med Rosiner og Tinsoldater; det vare rigtige Prindser!

Snart seilede Hjalmar gjennem Skove, snart ligesom igjennem store Sale, eller midt igjennem en By; han kom ogsaa igjennem den hvor hans Barnepige boede, hun der havde baaret ham, da han var en ganske lille Dreng, og havde holdt saa meget af ham, og hun nikkede og vinkede og sang det nydelige lille Vers, hun selv havde digtet og sendt Hjalmar:

Jeg tænker paa Dig saa mangen Stund,

Min egen Hjalmar, Du søde!

Jeg har jo kysset Din lille Mund,

Din Pande, de Kinder røde.

Jeg hørte Dig sige de første Ord,

Jeg maatte Dig Afsked sige.

Vor Herre velsigne Dig her paa Jord,

En Engel Du er fra hans Rige!

Og alle Fuglene sang med, Blomsterne dandsede paa Stilken og de gamle Træer nikkede, ligesom om Ole Lukøie ogsaa fortalte dem Historier.

Onsdag.

Nei hvor Regnen skyllede ned udenfor! Hjalmar kunde høre det i Søvne! og da Ole Lukøie lukkede et Vindue op, stod Vandet ligeop til Vindueskarmen; der var en heel Sø derude, men det prægtigste Skib laae op til Huset.

"Vil Du seile med, lille Hjalmar!" sagde Ole Lukøie, "saa kan Du i Nat komme til de fremmede Lande og være her i Morgen igjen!"

Og saa stod med eet Hjalmar i sine Søndagsklæder midt paa det prægtige Skib, og strax blev Veiret velsignet og de seilede gjennem Gaderne, krydsede om Kirken og nu var Alt en stor vild

Søe. De seilede saa længe, at der ingen Land var at øine mere, og de saae en Flok Storke, de kom ogsaa hjemme fra og vilde til de varme Lande; den ene Stork fløi bag ved den anden og de havde allerede fløiet saa langt, saa langt; een af dem var saa træt, at hans Vinger næsten ikke kunde bære ham længer, han var den allersidste i Rækken og snart kom han et stort Stykke bag efter, tilsidst sank han med udbredte Vinger lavere og lavere, han gjorde endnu et Par Slag med Vingerne, men det hjalp ikke; nu berørte han med sine Fødder Tougværket paa Skibet, nu gled han ned af Seilet og bums! der stod han paa Dækket.

Saa tog Matrosdrengen ham og satte ham ind i Hønsehuset, til Høns, Ænder og Kalkuner; den stakkels Stork stod ganske forknyt midt imellem dem.

"S'ikken een!" sagde alle Hønsene.

Og den kalkunske Hane pustede sig op saa tykt den kunde og spurgte hvem han var, og Ænderne gik baglænds og puffede til hinanden: "rap Dig! rap Dig!"

Og Storken fortalte om det varme Africa, om Pyramiderne og om Strudsen, der løb som en vild Hest hen over Ørkenen, men Ænderne forstode ikke hvad han sagde, og saa puffede de til hinanden: "Skal vi være enige om, at han er dum!"

"Ja vist er han dum!" sagde den kalkunske Hane og saa pluddrede den op. Da taug Storken ganske stille og tænkte paa sit Africa.

"Det er nogle deilige tynde Been I har!" sagde Kalkunen. "Hvad koster Alen?"

"Skrat, skrat, skrat!" grinte alle Ænderne, men Storken lod, som om han slet ikke hørte det.

"I kan gjerne lee med!" sagde Kalkunen til ham, "for det var meget vittigt sagt! eller var det maaskee for lavt for ham! ak, ak! han er ikke fleersidig! lad os blive ved at være interessante for os selv!" og saa klukkede de og Ænderne snaddrede, "gik, gak! gik, gak!" det var skrækkeligt hvor morsomt de selv havde det.

Men Hjalmar gik hen til Hønsehuset, aabnede Døren, kaldte paa Storken og den hoppede ud paa Dækket til ham; nu havde den hvilet sig og det var ligesom om den nikkede til Hjalmar for at takke ham; derpaa bredte den sine Vinger ud og fløi til de varme Lande, men Hønsene klukkede, Ænderne snaddrede og den kalkunske Hane blev ganske ildrød i Hovedet.

"Imorgen skal vi koge Suppe paa jer!" sagde Hjalmar og saa vaagnede han, og laae i sin lille Seng. Det var dog en forunderlig Reise Ole Lukøie havde ladet ham gjøre den Nat!

Torsdag.

"Veed Du hvad!" sagde Ole Lukøie, "Bliv nu ikke bange! her skal Du see en lille Muus!" og saa holdt han sin Haand, med det lette, nydelige Dyr, hen imod ham. "Den er kommen for at invitere Dig til Bryllup. Her er to smaa Muus i Nat, som ville træde ind i Ægtestanden. De boe nede under Din Moders Spiiskammergulv, det skal være saadan en deilig Leilighed!"

"Men hvor kan jeg komme gjennem det lille Musehul i Gulvet?" spurgte Hjalmar.

"Lad mig om det!" sagde Ole Lukøie, "jeg skal nok faae Dig lille!" og saa rørte han med sin Troldsprøite ved Hjalmar, der strax blev mindre og mindre, tilsidst var han ikke saa stor, som en Finger. "Nu kan Du laane Tinsoldatens Klæder, jeg tænker de kunne passe og det seer saa rask ud at have Uniform paa, naar man er i Selskab!"

"Ja nok!" sagde Hjalmar, og saa var han i Øieblikket klædt paa, som den nysseligste Tinsoldat.

"Vil De ikke være saa god at sætte Dem i Deres Moders Fingerbøl," sagde den lille Muus, "saa skal jeg have den Ære at trække Dem!"

"Gud, skal Frøkenen selv have Uleilighed!" sagde Hjalmar og saa kjørte de til Muse-Bryllup.

Først kom de ind under Gulvet i en lang Gang, der slet ikke var høiere end at de netop kunde kjøre der med et Fingerbøl, og hele Gangen var illumineret med Trødske.

"Lugter her ikke deiligt!" sagde Musen, som trak ham, "den hele Gang er bleven smurt med Fleskesvær! det kan ikke være deiligere!"

Nu kom de ind i Brudesalen; her stode til Høire alle de smaae Hun-Muus og de hvidskede og tviskede, ligesom om de gjorde Nar af hinanden; til Venstre stode alle Han-Musene og strøg sig med Poten om Mundskjægget, men midt paa Gulvet saae man Brudeparret, de stode i en udhulet Osteskorpe og kyssedes saa skrækkeligt meget for Alles Øine, thi de vare jo forlovede og nu skulle de strax have Bryllup.

Der kom altid flere og flere Fremmede; den ene Muus var færdig at træde den anden ihjel og Brudeparret havde stillet sig midt i Døren, saa man hverken kunde komme ud eller ind. Hele Stuen var ligesom Gangen smurt med Fleskesvær, det var hele Beværtningen, men til Desert blev der fremviist en Ært, som en lille Muus af Familien havde bidt Brudeparrets Navn ind i, det vil sige det første Bogstrav; det var noget ganske overordentligt.

Alle Musene sagde, at det var et deiligt Bryllup og at Conversationen havde været saa god.

Og saa kjørte Hjalmar igjen hjem; han havde rigtignok været i fornemt Selskab, men han maatte ogsaa krybe ordentlig sammen, gjøre sig lille og komme i Tinsoldat-Uniform.

Fredag.

"Det er utroligt hvor mange der ere af ældre Folk, som gjerne ville have fat paa mig!" sagde Ole Lukøie, "det er især dem, som have gjort noget ondt. "Gode lille Ole," sige de til mig, "vi kunne ikke faae Øinene i og saa ligge vi hele Natten og see alle vore onde Gjerninger, der, som fæle smaa Trolde, sidde paa Sengekanten og sprøite os over med hedt Vand, vilde Du dog komme og jage dem bort, at vi kunne faae en god Søvn, og saa sukke de saa dybt: "vi ville saamænd gjerne betale: god Nat Ole! Pengene ligger i Vinduet, men jeg gjør det ikke for Penge," sagde Ole Lukøie.

"Hvad skulle vi nu have for i Nat?" spurgte Hjalmar.

"Ja, jeg ved ikke om Du har Lyst igjen i Nat at komme til Bryllup, det er en anden Slags end den igaar. Din Søsters store Dukke, den der seer ud som et Mandfolk og kaldes Herman, skal giftes med Dukken Bertha, det er desuden Dukkens Geburtsdag og derfor skal der komme saa mange Presenter!"

"Ja, det kjender jeg nok," sagde Hjalmar, "altid naar Dukkerne trænge til nye Klæder saa lader min Søster dem have Geburtsdag eller holde Bryllup! det er vist skeet hundred Gange!"

"Ja, men i Nat er Brylluppet hundred og eet og naar hundred og eet er ude, saa er Alt forbi! derfor bliver ogsaa dette saa mageløst. See en Gang!"

Og Hjalmar saae hen paa Bordet; der stod det lille Paphuus med Lys i Vinduerne, og alle Tinsoldaterne præsenterede Gevær udenfor. Brudeparret sad paa Gulvet og lænede sig op til Bordbenet, ganske tankefuldt, og det kunde det jo have Grund til. Men Ole Lukøie, iført Bedstemoders sorte Skjørt, viede dem! da Vielsen var forbi, istemte alle Møblerne i Stuen følgende skjønne Sang, der var skrevet af Blyanten, den gik paa Melodie, som Tappenstregen.

Vor Sang skal komme, som en Vind

Til Brudeparret i Stuen ind;

De kneise begge, som en Pind,

De ere gjort' af Handskeskind!

: Hurra, Hurra! for Pind og Skind!

Det synge vi høit i Veir og Vind! :

Og nu fik de Presenter, men de havde frabedet sig alle spiselige Ting, for de havde nok af deres Kjærlighed.

"Skal vi nu ligge paa Landet, eller reise udenlands?" spurgte Brudgommen, og saa blev Svalen, som havde reist meget og den gamle Gaard-Høne, der fem Gange havde ruget Kyllinger ud, taget paa Raad; og Svalen fortalte om de deilige, varme Lande, hvor Viindruerne hang saa store og tunge, hvor Luften var saa mild, og Bjergene havde Farver, som man her slet ikke kjender dem!

"De har dog ikke vor Grønkaal!" sagde Hønen. "Jeg laae en Sommer med alle mine Kyllinger paa Landet; der var en Gruusgrav, som vi kunde gaae og skrabe i, og saa havde vi Adgang til en Have med Grønkaal! O, hvor den var grøn! jeg kan ikke tænke mig noget kjønnere."

"Men den ene Kaalstok seer ud ligesom den anden," sagde Svalen, "og saa er her tidt saa daarligt Veir!"

"Ja det er man vant til!" sagde Hønen.

"Men her er koldt, det fryser!"

"Det har Kaalen godt af!" sagde Hønen. "Desuden kunne vi ogsaa have det varmt! havde vi ikke for fire Aar siden en Sommer, der varede i fem Uger, her var saa hedt, man kunde ikke trække Veiret! og saa have vi ikke alle de giftige Dyr, de have ude! og vi er fri for Røvere! Det er et Skarn, som ikke finder at vort Land er det kjønneste! han fortiente rigtig ikke at være her!" og saa græd Hønen "Jeg har ogsaa reist! jeg har kjørt i en Bøtte over tolv Mile! der er slet ingen Fornøielse ved at reise!"

"Ja Hønen er en fornuftig Kone!" sagde Dukken Bertha, "jeg holder heller ikke af at reise paa Bjerge, for det er kun op og saa er det ned! nei, vi ville flytte ud ved Gruusgraven og spadsere i Kaalhaven!"

Og derved blev det.

Løverdag.

"Faaer jeg nu Historier!" sagde den lille Hjalmar, saasnart Ole Lukøie havde faaet ham i Søvn.

"I Aften har vi ikke Tid til det," sagde Ole og spændte sin smukkeste Paraply over ham. "See nu paa disse Chinesere!" og hele Paraplyen saae ud som en stor chinesisk Skaal med blaa Træer og spidse Broer med smaa Chinesere paa, der stode og nikkede med Hovedet. "Vi skulde have hele Verden pudset kjønt op til imorgen," sagde Ole, "det er jo da en hellig Dag, det er

Søndag. Jeg skal hen i Kirketaarnene for at see, om de smaa Kirkenisser polerer Klokkerne, at de kunne lyde smukt, jeg skal ud paa Marken, og see om Vindene blæse Støvet af Græs og Blade, og hvad der er det største Arbeide, jeg skal have alle Stjernerne ned for at polere dem af; jeg tager dem i mit Forklæde, men først maa hver nummereres og Hullerne, hvor de sidde deroppe, maa nummereres, at de kunne komme paa deres rette Pladser igjen, ellers ville de ikke sidde fast og vi faae for mange Stjerneskud, i det den ene dratter efter den anden!"

"Hør, veed De hvad Hr. Lukøie!" sagde et gammelt Portræt, som hang paa Væggen hvor Hjalmar sov, "jeg er Hjalmars Oldefader: De skal have Tak fordi De fortæller Drengen Historier, men De maa ikke forvilde hans Begreber. Stjernerne kunne ikke tages ned og poleres! Stjernerne ere Kloder ligesom vor Jord og det er just det gode ved dem!"

"Tak skal Du have, Du gamle Oldefader!" sagde Ole Lukøie, "Tak skal Du have! Du er jo Hovedet for Familien, Du er "Olde"-Hovedet! men jeg er ældre, end Du! jeg er gammel Hedning, Romerne og Grækerne kaldte mig Drømmeguden! jeg er kommet i de fornemste Huse og kommer der endnu! jeg forstaaer at omgaaes baade med Smaae og Store! Nu kan Du fortælle!" - og saa gik Ole Lukøie og tog Paraplyen med.

"Nu tør man nok ikke mere sige sin Mening!" sagde det gamle Portræt.

Og saa vaagnede Hjalmar.

Søndag.

"God Aften!" sagde Ole Lukøie og Hjalmar nikkede, men sprang saa hen og vendte Oldefaderens Portræt om mod Væggen, at det ikke skulde snakke med, ligesom igaar.

"Nu skal Du fortælle mig Historier, om de fem grønne Ærter, der boede i en Ærtebælg, og om "Hanebeen der gjorde Cuur til Hønebeen", og om Stoppenaalen, der var saa fiin paa det, at hun bildte sig ind hun var en Synaal!"

"Man kan ogsaa faae for meget af det gode!" sagde Ole Lukøie, "jeg vil helst vise Dig noget, veed Du nok! jeg vil vise Dig min Broder, han hedder ogsaa Ole Lukøie, men han kommer aldrig til nogen meer end eengang og naar han kommer, tager han dem med paa sin Hest og fortæller dem Historier; han kan kun to, een der er saa mageløs deilig, at ingen i Verden kan tænke sig den, og een der er saa fæl og gruelig - ja det er ikke til at beskrive!" og saa løftede Ole Lukøie den lille Hjalmar op i Vinduet og sagde, "der skal Du see min Broder, den anden Ole Lukøie! de kalde ham ogsaa Døden! seer Du, han seer slet ikke slem ud, som i Billedebøgerne, hvor han er Been og Knokler! nei, det er Sølvbroderi han har paa Kjolen: det er den deiligste Husar-Uniform! en Kappe af sort Fløiel flyver bag ud over Hesten! see hvor han rider i Gallop."

Og Hjalmar saae, hvordan den Ole Lukøie reed afsted og tog baade unge og gamle Folk op paa Hesten, nogle satte han for paa og andre satte han bag paa, men altid spurgte han tørst, "hvorledes staaer det med Characteerbogen?" - "Godt!" sagde de Allesammen; "ja lad mig selv see!" sagde han, og saa maatte de vise ham Bogen; og alle de som havde "Meget godt" og "Udmærket godt" kom for paa Hesten og fik den deilige Historie at høre, men de som havde "Temmeligt godt" og "Maadeligt" de maatte bag paa, og fik den fæle Historie; de rystede og græd, de vilde springe af Hesten, men kunde det slet ikke, thi de var lige strax voxet fast til den.

"Men Døden er jo den deiligste Ole Lukøie!" sagde Hjalmar, "ham er jeg ikke bange for!"

"Det skal Du heller ikke!" sagde Ole Lukøie, "see bare til at Du har en god Characteerbog!"

"Ja det er lærerigt!" mumlede Oldefaderens Portræt, "det hjælper dog, man siger sin Mening!" og saa var han fornøiet.

See, det er Historien om Ole Lukøie! nu kan han selv i Aften fortælle Dig noget mere!

Prindsessen paa Ærten (1835)

Der var engang en Prinds; han vilde have sig en Prindsesse, men det skulde være en rigtig Prindsesse. Saa reiste han hele Verden rundt, for at finde saadan en, men allevegne var der noget i Veien, Prindsesser vare der nok af, men om det vare rigtige Prindsesser, kunde han ikke ganske komme efter, altid var der noget, som ikke var saa rigtigt. Saa kom han da hjem igjen og var saa bedrøvet, for han vilde saa gjerne have en virkelig Prindsesse.

En Aften blev det da et frygteligt Veir; det lynede og tordnede, Regnen skyllede ned, det var ganske forskrækkeligt! Saa bankede det paa Byens Port, og den gamle Konge gik hen at lukke op.

Det var en Prindsesse, som stod udenfor. Men Gud hvor hun saae ud af Regnen og det onde Veir! Vandet løb ned af hendes Haar og hendes Klæder, og det løb ind af Næsen paa Skoen og ud af Hælen, og saa sagde hun, at hun var en virkelig Prindsesse.

"Ja, det skal vi nok faae at vide!" tænkte den gamle Dronning, men hun sagde ikke noget, gik ind i Sovekammeret, tog alle Sengklæderne af og lagde en Ært paa Bunden af Sengen, derpaa tog hun tyve Matrasser, lagde dem ovenpaa Ærten, og saa endnu tyve Ædderduuns-Dyner oven paa Matrasserne.

Der skulde nu Prindsessen ligge om Natten   Om Morgenen spurgte de hende, hvorledes hun havde sovet.

"O forskrækkeligt slet!" sagde Prindsessen, "Jeg har næsten ikke lukket mine Øine den hele Nat! Gud veed, hvad der har været i Sengen? Jeg har ligget paa noget haardt, saa jeg er ganske bruun og blaa over min hele Krop! Det er ganske forskrækkeligt!"

Saa kunde de see, at det var en rigtig Prindsesse, da hun gjennem de tyve Matrasser og de tyve Ædderduuns Dyner havde mærket Ærten. Saa ømskindet kunde der ingen være, uden en virkelig Prindsesse.

Prindsen tog hende da til Kone, for nu vidste han, at han havde en rigtig Prindsesse, og Ærten kom paa Kunstkammeret, hvor den endnu er at see, dersom ingen har taget den.

See, det var en rigtig Historie!

Svinedrengen (1842)

Der var engang en fattig Prinds; han havde et Kongerige, der var ganske lille, men det var da altid stort nok til at gifte sig paa, og gifte sig det vilde han.

Nu var det jo rigtignok noget kjækt af ham, at han turde sige til Keiserens Datter: "vil Du ha' mig?" men det turde han nok, for hans Navn var vidt og bredt berømt, der vare hundrede Prindsesser, som vilde have sagt Tak til, men see om hun gjorde det.

Nu skulle vi høre:

Paa Prindsens Faders Grav voxte der et Rosentræ, o saadant et deiligt Rosentræ; det bar kun hvert femte Aar Blomst, og det kun een eneste, men det var en Rose, der duftede saa sødt, at man ved at lugte til den glemte alle sine Sorger og Bekymringer, og saa havde han en Nattergal, der kunde synge, som om alle deilige Melodier sad i dens lille Strube. Den Rose og den Nattergal skulde Prindsessen have; og derfor kom de begge to i store Sølv-Foderaler og bleve saa sendte til hende.

Keiseren lod dem bære foran sig ind i den store Sal, hvor Prindsessen gik og legede "komme Fremmede", med sine

Hofdamer; og da hun saae de store Foderaler med Presenterne i, klappede hun i Hænderne af Glæde.

"Bare det var en lille Missekat!" sagde hun, - men saa kom Rosentræet frem med den deilige Rose.

"Nei, hvor er den nydelig gjort!" sagde alle Hofdamerne.

"Den er mere end nydelig!" sagde Keiseren, "den er pæn!"

Men Prindsessen følte paa den og saa var hun færdig at græde.

"Fy Papa!" sagde hun, "den er ikke kunstig, den er virkelig!"

"Fy!" sagde alle Hoffolkene, "den er virkelig!"

"Lad os nu først see, hvad der er i det andet Foderal, før vi blive vrede!" meente Keiseren, og saa kom Nattergalen frem; den sang da saa deiligt, at man ligestrax ikke kunde sige noget ondt mod den.

"Superbe! charmant!" sagde Hofdamerne, for de snakkede allesammen fransk, den ene værre, end den anden.

"Hvor den Fugl minder mig om salig Keiserindens Spilledaase," sagde en gammel Cavaleer; "ak ja! det er ganske den samme Tone, det samme Foredrag!"

"Ja!" sagde Keiseren, og saa græd han, som et lille Barn.

"Jeg skulde dog ikke troe, den er virkelig!" sagde Prindsessen. "Jo, det er en virkelig Fugl!" sagde de, som havde bragt den.

"Ja lad saa den Fugl flyve," sagde Prindsessen, og hun vilde paa ingen Maade tillade, at Prindsen kom.

Men han lod sig ikke forknytte; han smurte sig i Ansigtet med Bruunt og Sort, trykkede Kasketten ned om Hovedet og bankede paa.

"God Dag, Keiser!" sagde han, "kunde jeg ikke komme i Tjeneste her paa Slottet."

"Jo nok!" sagde Keiseren, "jeg trænger til een, som kan passe Svinene! for dem har vi mange af!"

Og saa blev Prindsen ansat, som keiserlig Svinedreng. Han fik et daarligt lille Kammer nede ved Svinestien og her maatte han blive; men hele Dagen sad han og arbeidede, og da det var Aften, havde han gjort en nydelig lille Gryde, rundt om paa den var der Bjælder og saa snart Gryden kogte, saa ringede de saa deiligt og spillede den gamle Melodie:

"Ach, Du lieber Augustin

Alles ist væk, væk, væk!"

men det Allerkunstigste var dog, at naar man holdt Fingeren ind i Dampen fra Gryden, saa kunde man strax lugte hvad Mad der blev lavet i hver Skorsteen, der var i Byen; see, det var rigtignok noget andet end den Rose.

Nu kom Prindsessen spadserende med alle sine Hofdamer, og da hun hørte Melodien blev hun staaende og saae saa fornøiet ud; for hun kunde ogsaa spille "Ach, Du lieber Augustin," det var den eneste hun kunde, men den spillede hun med een Finger.

"Det er jo den jeg kan!" sagde hun, "saa maa det være en dannet Svinedreng! hør! gaae ned og spørg ham, hvad det Instrument koster!"

Og saa maatte een af Hofdamerne løbe ind, men hun tog Klods-Skoe paa.

"Hvad vil Du have for den Gryde?" sagde Hofdamen.

"Jeg vil have ti Kys af Prindsessen!" sagde Svinedrengen.

"Gud bevar' os!" sagde Hofdamen.

"Ja, det kan ikke være mindre!" svarede Svinedrengen.

"Han er jo uartig!" sagde Prindsessen, og saa gik hun, - men da hun havde gaaet et lille Stykke saa klang Bjælderne saa deiligt:

"Ach, Du lieber Augustin,

Alles ist væk, væk, væk!"

"Hør," sagde Prindsessen, "spørg ham, om han vil have ti Kys af mine Hofdamer!"

"Nei Tak!" sagde Svinedrengen, "ti Kys af Prindsessen, eller jeg beholder Gryden."

"Hvor det er noget kjedeligt noget!" sagde Prindsessen, "men saa maae I staae for mig, at Ingen faaer det at see!"

Og Hofdamerne stillede sig op for hende, og saa bredte de deres Kjoler ud, og saa fik Svinedrengen de ti Kys og hun fik Gryden.

Naa, der blev en Fornøielse! hele Aftenen og hele Dagen maatte Gryden koge; der var ikke een Skorsteen i hele Byen, uden de vidste hvad der blev kogt der, baade hos Kammerherren og hos Skomageren. Hofdamerne dandsede og klappede i Hænderne.

"Vi veed hvem der skal have sød Suppe og Pandekage! vi veed hvem der skal have Grød og Karbonade! hvor det er interessant!"

"Ja, men hold reen Mund, for jeg er Keiserens Datter!"

"Gud bevar' os!" sagde de Allesammen!

Svinedrengen, det vil sige Prindsen, men de vidste jo ikke andet, end at han var en virkelig Svinedreng, lod ikke Dagen gaae hen uden at han bestilte noget, og saa gjorde han en Skralde, naar man svingede den rundt, klang alle de Valse og Hopsaer, man kjendte fra Verdens Skabelse.

"Men det er superb!" sagde Prindsessen, i det hun gik forbi, "jeg har aldrig hørt en deiligere Composition! hør! gaae ind og spørg ham, hvad det Instrument koster: men jeg kysser ikke!"

"Han vil have hundrede Kys af Prindsessen!" sagde Hofdamen, som havde været inde at spørge.

"Jeg troer han er gal!" sagde Prindsessen, og saa gik hun; men da hun havde gaaet et lille Stykke, saa blev hun staaende.

"Man maa opmuntre Kunsten!" sagde hun, "Jeg er Keiserens Datter! Siig ham, han skal faae ti Kys ligesom igaar, Resten kan han tage hos mine Hofdamer!"

"Ja, men vi ville saa nødig!" sagde Hofdamerne.

"Det er Snak!" sagde Prindsessen, "og naar jeg kan kysse ham, saa kan I ogsaa! husk paa, jeg giver Eder Kost og Løn!" og saa maatte Hofdamen ind til ham igjen.

"Hundrede Kys af Prindsessen," sagde han, "eller hver beholder sit!"

"Staae for!!!" sagde hun, og saa stillede alle Hofdamerne sig for og han kyssede da.

"Hvad kan det dog være for et Opløb dernede ved Svinestien!" sagde Keiseren, der var traadt ud paa Altanen; han gned sine Øine og satte Brillerne paa. "Det er jo Hofdamerne, der ere paa Spil! jeg maa nok ned til dem!" - og saa trak han sine Tøfler op bag i, for det var Skoe, som han havde traadt ned.

Hille den! hvor han skyndte sig!

Saasnart han kom ned i Gaarden, gik han ganske sagte, og Hofdamerne havde saameget at gjøre med at tælle Kyssene, for at det kunde gaae ærligt til, at de slet ikke mærkede Keiseren. Han reiste sig paa Tæerne.

"Hvad for noget!" sagde han, da han saae de kyssedes, og saa slog han dem i Hovedet med sin Tøffel, lige i det Svinedrengen fik det sex og fiirsindstyvende Kys. "Heraus!" sagde Keiseren, for han var vred, og baade Prindsessen og Svinedrengen bleve satte uden for hans Keiserrige.

Der stod hun nu og græd, Svinedrengen skjændte og Regnen skyllede ned.

"Ak, jeg elendige Menneske!" sagde Prindsessen, "havde jeg dog taget den deilige Prinds! ak, hvor jeg er ulykkelig!"

Og Svinedrengen gik bag ved et Træ, tørrede det Sorte og Brune af sit Ansigt, kastede de stygge Klæder og traadte nu frem i sin Prindsedragt, saa deilig, at Prindsessen maatte neie ved det.

"Jeg er kommet til at foragte Dig, Du!" sagde han. "Du vilde ikke have en ærlig Prinds! Du forstod Dig ikke paa Rosen og Nattergalen, men Svinedrengen kunde du kysse for et Spilleværk! nu kan du have det saa godt!" -

Og saa gik han ind i sit Kongerige og lukkede Døren i for hende, saa kunde hun rigtignok synge:

"Ach, Du lieber Augustin,

Alles ist væk, væk, væk!"

Tommelise (1835)

Der var engang en Kone, som saa gjerne vilde have sig et lille bitte Barn, men hun vidste slet ikke, hvor hun skulde faae et fra; saa gik hun hen til en gammel Hex og sagde til hende: "Jeg vilde saa inderlig gjerne have et lille Barn, vil Du ikke sige mig, hvor jeg dog skal faae et fra?"

"Jo, det skal vi nok komme ud af!" sagde Hexen. "Der har Du et Bygkorn, det er slet ikke af den Slags, som groer paa Bondemandens Mark, eller som Hønsene faae at spise, læg det i en Urtepotte, saa skal Du faae noget at see!"

"Tak skal Du have!" sagde Konen og gav Hexen tolv Skilling, gik saa hjem, plantede Bygkornet, og strax voxte der en deilig stor Blomst op, den saae ganske ud, som en Tulipan, men Bladene lukkede sig tæt sammen, ligesom om den endnu var i Knop.

"Det er en nydelig Blomst!" sagde Konen, og kyssede den paa de smukke røde og gule Blade, men lige i det hun kyssede, gav Blomsten et stort Knald, og aabnede sig. Det var en virkelig Tulipan, kunde man nu see, men midt inde i Blomsten, paa den grønne Stol, sad der en lille bitte Pige, saa fiin og nydelig, hun var ikke uden en Tomme lang, og derfor kaldtes hun Tommelise.

En nydelig lakeret Valdnødskal fik hun til Vugge, blaa Violblade vare hendes Matrasser og et Rosenblad hendes Overdyne; der sov hun om Natten, men om Dagen legede hun paa Bordet, hvor Konen havde sat en Tallerken, som hun havde lagt en heel Krands om med Blomster, der stak deres Stilke ned i Vandet; her flød et stort Tulipanblad, og paa dette maatte Tommelise sidde og seile fra den ene Side af Tallerkenen til den anden; hun havde to hvide Hestehaar at roe med. Det saae just deiligt ud. Hun kunde ogsaa synge, o saa fint og nydeligt, som man aldrig her har hørt. -

En Nat, som hun laae i sin smukke Seng, kom der en hæslig Skruptudse hoppende ind af Vinduet; der var en Rude itu. Skruptudsen var saa styg, stor og vaad, den hoppede lige ned paa Bordet, hvor Tommelise laae og sov under det røde Rosenblad.

"Det var en deilig Kone til min Søn!" sagde Skruptudsen, og saa tog hun fat i Valdnødskallen, hvor Tommelise sov, og hoppede bort med hende gjennem Ruden, ned i Haven.

Der løb en stor, bred Aa; men lige ved Bredden var det sumpet og muddret; her boede Skruptudsen med sin Søn. Uh! han var ogsaa styg og fæl, lignede ganske sin Moder: "koax, koax, brekke-kekex!" det var alt hvad han kunde sige, da han saae den nydelige lille Pige i Valdnødskallen.

"Snak ikke saa høit, for ellers vaagner hun!" sagde den gamle Skruptudse, "hun kunde endnu løbe fra os, for hun er saa let, som et Svaneduun! vi ville sætte hende ud i Aaen paa et af de brede Aakandeblade, det er for hende, der er saa let og lille, ligesom en Ø! der kan hun ikke løbe bort, mens vi gjøre Stadsestuen istand nede ved Mudderet, hvor I skulle boe og bygge!"

Ude i Aaen voxte der saa mange Aakander med de brede grønne Blade, der see ud som de flyde oven paa Vandet; det Blad, som var længst ude, var ogsaa det allerstørste; der svømmede den gamle Skruptudse ud og satte Valdnødskallen med Tommelise.

Den lillebitte Stakkel vaagnede ganske tidlig om Morgenen, og da hun saae, hvor hun var, begyndte hun saa bitterligt at græde, for der var Vand paa alle Sider af det store grønne Blad, hun kunde slet ikke komme i Land.

Den gamle Skruptudse sad nede i Mudderet og pyntede sin Stue op med Siv og gule Aaknappe, - der skulde være rigtigt net for den nye Svigerdatter, - svømmede saa med den stygge Søn ud til Bladet, hvor Tommelise stod, de vilde hente hendes pæne Seng, den skulde sættes op i Brudekammeret, før hun selv kom der. Den gamle Skruptudse neiede saa dybt i Vandet for hende og sagde:

"her skal Du see min Søn, han skal være Din Mand, og I skal boe saa deiligt nede i Mudderet!"

"Koax, koax! brekkekekex!" det var Alt, hvad Sønnen kunde sige.

Saa toge de den nydelige lille Seng og svømmede bort med den, men Tommelise sad ganske alene og græd paa det grønne Blad, for hun vilde ikke boe hos den fæle Skruptudse eller have hendes hæslige Søn til sin Mand. De smaa Fiske, som svømmede nede i Vandet, havde nok seet Skruptudsen og hørt hvad hun sagde, derfor stak de Hovederne op, de vilde dog see den lille Pige. Saa snart de fik hende at see, fandt de hende saa nydelig, og det gjorde dem saa ondt, at hun skulde ned til den stygge Skruptudse. Nei, det skulde aldrig skee. De flokkede sig nede i Vandet rundt om den grønne Stilk, der holdt Bladet, hun stod paa, gnavede med Tænderne Stilken over, og saa flød Bladet ned af Aaen, bort med Tommelise, langtbort, hvor Skruptudsen ikke kunde komme.

Tommelise seilede forbi saa mange Stæder, og de smaa Fugle sad i Buskene, saae hende og sang "hvilken nydelig lille Jomfrue!" Bladet med hende svømmede længer og længer bort; saaledes reiste Tommelise udenlands.

En nydelig lille hvid Sommerfugl blev ved at flyve rundt omkring hende, og satte sig tilsidst ned paa Bladet, for den kunde saa godt lide Tommelise, og hun var saa fornøiet, for nu kunde Skruptudsen ikke naae hende og der var saa deiligt, hvor hun seilede; Solen skinnede paa Vandet, det var ligesom det deiligste Guld. Saa tog hun sit Livbaand, bandt den ene Ende om Sommerfuglen, den anden Ende af Baandet satte hun fast i Bladet; det gled da meget hurtigere afsted og hun med, for hun stod jo paa Bladet.

I det samme kom der en stor Oldenborre flyvende, den fik hende at see og i Øieblikket slog den sin Klo om hendes smækre Liv og fløi op i Træet med hende, men det grønne Blad svømmede ned af Aaen og Sommerfuglen fløi med, for han var bundet til Bladet og kunde ikke komme løs.

Gud, hvor den stakkels Tommelise blev forskrækket, da Oldenborren fløi op i Træet med hende, men hun var dog allermeest bedrøvet for den smukke, hvide Sommerfugl, hun havde bundet fast til Bladet; dersom han nu ikke kunde komme løs, maatte han jo sulte ihjel. Men det brød Oldenborren sig ikke noget om. Den satte sig med hende paa det største, grønne Blad i Træet, gav hende det Søde af Blomsterne at spise og sagde, at hun var saa nydelig, skjøndt hun slet ikke lignede en Oldenborre. Siden kom alle de andre Oldenborrer, der boede i Træet, og gjorde Visit; de saae paa Tommelise, og Frøken-Oldenborrerne trak paa Følehornene og sagde: "hun har dog ikke mere end to Been, det seer ynkeligt ud. Hun har ingen Følehorn!" sagde den anden. "Hun er saa smækker i Livet, fy! hun seer ud ligesom et Menneske! Hvor hun er styg!" sagde alle Hun-Oldenborrerne, og saa var Tommelise dog saa nydelig; det syntes ogsaa den Oldenborre, som havde taget hende, men da alle de andre sagde, hun var hæslig, saa troede han det tilsidst ogsaa og ville slet ikke have hende; hun kunde gaae, hvor hun vilde. De fløi ned af Træet med hende og satte hende paa en Gaaseurt; der græd hun, fordi hun var saa styg, at Oldenborrerne ikke vilde have hende, og saa var hun dog den deiligste, man kunde tænke sig, saa fiin og klar som det skjønneste Rosenblad.

Hele Sommeren igjennem levede den stakkels Tommelise ganske alene i den store Skov. Hun flettede sig en Seng af Græsstraa og hang den under et stort Skræppeblad, saa kunde det ikke regne paa hende; hun pillede det Søde af Blomsterne og spiste, og drak af Duggen, der hver Morgen stod paa Bladene; saaledes gik Sommer og Efteraar, men nu kom Vinteren, den kolde, lange Vinter. Alle Fuglene, der havde sjunget saa smukt for hende, fløi deres Vei, Træerne og Blomsterne visnede, det store Skræppeblad, hun havde boet under, rullede sammen og blev kun en guul, vissen Stilk, og hun frøs saa forskrækkeligt, for hendes Klæder vare itu og hun var selv saa fiin og lille, den stakkels Tommelise, hun maatte fryse ihjel. Det begyndte at snee og hver Sneefnug, der faldt paa hende, var, som naar man kaster en heel Skuffe fuld paa os, thi vi ere store og hun var kun en Tomme lang. Saa svøbte hun sig ind i et vissent Blad, men det vilde ikke varme, hun rystede af Kulde.

Tæt udenfor Skoven, hvor hun nu var kommet, laae en stor Kornmark, men Kornet var forlænge siden borte, kun de nøgne, tørre Stubbe stode op af den frosne Jord. De vare ligesom en heel

Skov for hende at gaae imellem, o, hun rystede saadan af Kulde. Saa kom hun til Markmusens Dør. Den var et lille Hul inde under Korn-Stubbene. Der boede Markmusen luunt og godt, havde hele Stuen fuld af Korn, et deiligt Kjøkken og Spiiskammer. Den stakkels Tommelise stillede sig indenfor Døren, ligesom en anden fattig Tiggerpige og bad om et lille Stykke af et Bygkorn, for hun havde i to Dage ikke faaet det mindste at spise.

"Din lille Stakkel!" sagde Markmusen, for det var igrunden en god gammel Markmuus, "kom Du ind i min varme Stue og spiis med mig!"

Da hun nu syntes godt om Tommelise, sagde hun: "Du kan gjerne blive hos mig i Vinter, men Du skal holde min Stue pæn reen og fortælle mig Historier, for dem holder jeg meget af," og Tommelise gjorde, hvad den gode, gamle Markmuus forlangte og havde det da grumme godt.

"Nu faae vi nok snart Besøg!" sagde Markmusen, "min Naboe pleier hver Ugesdag at besøge mig. Han sidder bedre endnu inden Vægge, end jeg; har store Sale og gaaer med saadan en deilig, sort Fløielspels! bare Du kunde faae ham til Mand, saa var Du godt forsørget; men han kan ikke see. Du maa fortælle ham de nydeligste Historier, Du veed!"

Men det brød Tommelise sig ikke om, hun vilde slet ikke have Naboen, for han var en Muldvarp. Han kom og gjorde Visit i sin sorte Fløielspels, han var saa riig og saa lærd, sagde Markmusen, hans Huusleilighed var ogsaa over tyve Gange større, end Markmusens, og Lærdom havde han, men Solen og de smukke Blomster kunde han slet ikke lide, dem snakkede han ondt om, for han havde aldrig seet dem. Tommelise maatte synge og hun sang baade "Oldenborre flyv, flyv!" og "Munken gaaer i Enge," saa blev Muldvarpen forliebt i hende, for den smukke Stemmes Skyld, men han sagde ikke noget, han var saadan en sindig Mand.

Han havde nylig gravet sig en lang Gang gjennem Jorden fra sit til deres Huus, i den fik Markmusen og Tommelise Lov til at spadsere, naar de vilde. Men han bad dem ikke blive bange for den døde Fugl, som laae i Gangen, det var en heel Fugl med Fjær og Næb, der vist var død for ganske nylig, da Vinteren begyndte, og nu gravet ned, just hvor han havde gjort sin Gang.

Muldvarpen tog et Stykke Trøske i Munden, for det skinner jo ligesom Ild i Mørke, og gik saa foran og lyste for dem i den lange, mørke Gang; da de saa kom, hvor den døde Fugl laae, satte Muldvarpen sin brede Næse mod Loftet og stødte Jorden op, saa der blev et stort Hul, som Lyset kunde skinne igjennem. Midt paa Gulvet laae en død Svale, med de smukke Vinger trykkede fast ind om Siderne, Benene og Hovedet trukne ind under Fjedrene; den stakkels Fugl var bestemt død af Kulde. Det gjorde Tommelise saa ondt for den, hun holdt saa meget af alle de smaa Fugle, de havde jo hele Sommeren sjunget og qviddret saa smukt for hende, men Muldvarpen stødte til den med sine korte Been og sagde: "Nu piber den ikke meer! det maa være ynkeligt at blive født til en lille Fugl! Gud skee Lov, at ingen af mine Børn blive det; saadan en Fugl har jo ingen Ting uden sit Quivit og maa sulte ihjel til Vinteren!"

"Ja, det maa I, som en fornuftig Mand, nok sige," sagde Markmusen. "Hvad har Fuglen for al sit Quivit, naar Vinteren kommer? Den maa sulte og fryse; men det skal vel ogsaa være saa stort!"

Tommelise sagde ikke noget, men da de to andre vendte Ryggen til Fuglen, bøiede hun sig ned, skjød Fjedrene tilside, der laae over dens Hoved, og kyssede den paa de lukkede Øine. "Maaskee var det den, som sang saa smukt for mig i Sommer," tænkte hun, "hvor den skaffede mig megen Glæde, den kjære, smukke Fugl!"

Muldvarpen stoppede nu Hullet til, som Dagen skinnede igjennem, og fulgte saa Damerne hjem. Men om Natten kunde Tommelise slet ikke sove, saa stod hun op af sin Seng og flettede af Hø et stort smukt Teppe, og det bar hun ned og bredte rundt om den døde Fugl, lagde blød Bomuld, hun havde fundet i Markmusens Stue, paa Siderne af Fuglen, for at den kunde ligge varmt i den kolde Jord.

"Farvel Du smukke lille Fugl!" sagde hun, "Farvel og Tak for din deilige Sang i Sommer, da alle Træerne vare grønne og Solen skinnede saa varmt paa os!" Saa lagde hun sit Hoved op til

Fuglens Bryst, men blev i det samme ganske forskrækket, thi det var ligesom noget bankede der indenfor. Det var Fuglens Hjerte. Fuglen var ikke død, den laae i Dvale, og var nu bleven opvarmet og fik Liv igjen.

Om Efteraaret saa flyve alle Svalerne bort til de varme Lande, men er der een der forsinker sig, saa fryser den saaledes, at den falder ganske død ned, bliver liggende, hvor den falder, og den kolde Snee lægger sig ovenover.

Tommelise rystede ordentligt, saa forskrækket var hun blevet, for Fuglen var jo en stor, stor en imod hende, der kun var en Tomme lang, men hun tog dog Mod til sig, lagde Bomulden tættere om den stakkels Svale, og hentede et Krusemynteblad, hun selv havde havt til Overdyne, og lagde det over Fuglens Hoved.

Næste Nat listede hun sig igjen ned til den, og da var den ganske levende, men saa mat, den kunde kun et lille Øieblik lukke sine Øine op og see Tommelise, der stod med et Stykke Trøske i Haanden, for anden Lygte havde hun ikke.

"Tak skal Du have, Du nydelige lille Barn!" sagde den syge Svale til hende, "jeg er blevet saa deilig opvarmet! snart faaer jeg mine Kræfter og kan flyve igjen, ude i det varme Solskin!"

"O!" sagde hun, "det er saa koldt udenfor, det sneer og fryser! bliv Du i din varme Seng, jeg skal nok pleie Dig!"

Hun bragte da Svalen Vand i et Blomsterblad, og den drak og fortalte hende, hvorledes den havde revet sin ene Vinge paa en Tornebusk og kunde derfor ikke flyve saa stærkt, som de andre Svaler, som da fløi bort, langt bort til de varme Lande. Den var da tilsidst faldet ned paa Jorden, men mere kunde den ikke huske, og vidste slet ikke, hvorledes den var kommet her.

Hele Vinteren blev den nu hernede og Tommelise var god imod den og holdt saa meget af den; hverken Muldvarpen eller Markmusen fik det mindste at vide derom, for de kunde jo ikke lide den stakkels fattige Svale.

Saasnart Foraaret kom og Solen varmede ind i Jorden, sagde Svalen Farvel til Tommelise, der aabnede Hullet, som Muldvarpen havde gjort ovenover. Solen skinnede saa deiligt ind

Side 83

til dem, og Svalen spurgte, om hun ikke vilde følge med, hun kunde sidde paa dens Ryg, de vilde flyve langt ud i den grønne Skov. Men Tommelise vidste, det vilde bedrøve den gamle Markmuus, om hun saaledes forlod hende.

"Nei, jeg kan ikke!" sagde Tommelise. "Farvel, farvel! Du gode nydelige Pige!" sagde Svalen og fløi ud i Solskinnet. Tommelise saae efter den, og Vandet kom i hendes Øine, for hun holdt saa meget af den stakkels Svale. "Qvivit! qvivit!" sang Fuglen og fløi ind i den grønne Skov. -

Tommelise var saa bedrøvet. Hun fik slet ikke Lov at komme ud i det varme Solskin; Kornet, der var saaet paa Ageren, henover Markmusens Huus, voxte ogsaa høit op i Veiret, det var en heel tyk Skov for den stakkels lille Pige, som jo kun var en Tomme lang.

"Nu skal Du i Sommer sye paa dit Udstyr!" sagde Markmusen til hende, for nu havde Naboen, den kjedelige Muldvarp i den sorte Fløielspels, friet til hende. "Du skal have baade Uldent og Linned! Du skal have at sidde og ligge paa, naar Du bliver Muldvarpens Kone!"

Tommelise maatte spinde paa Haandteen, og Markmusen leiede fire Ædderkoppe til at spinde og væve Nat og Dag. Hver Aften gjorde Muldvarpen Visit og snakkede da altid om, at naar Sommeren fik Ende, saa skinnede Solen ikke nær saa varmt, den brændte jo nu Jorden fast, som en Steen; ja naar Sommeren var ude, saa skulde Brylluppet staae med Tommelise; men hun var slet ikke fornøiet, for hun holdt ikke noget af den kjedelige Muldvarp. Hver Morgen, naar Solen stod op, og hver Aften, naar den gik ned, listede hun sig ud i Døren og naar saa Vinden skilte Toppene af Kornet ad, saa at hun kunde see den blaa Himmel, tænkte hun paa, hvor lyst og smukt der var herude, og ønskede saameget, at hun igjen maatte faae den kjære Svale at see; men den kom aldrig mere, den fløi vist langt borte i den smukke grønne Skov.

Da det nu blev Efteraar, havde Tommelise hele sit Udstyr færdigt.

"Om fire Uger skal Du have Bryllup!" sagde Markmusen til hende. Men Tommelise græd og sagde, hun vilde ikke have den kjedelige Muldvarp.

"Snik snak!" sagde Markmusen, "gjør Dig ikke obsternasig, for ellers skal jeg bide Dig med min hvide Tand! Det er jo en deilig Mand, Du faaer! hans sorte Fløielspels har Dronningen selv ikke Mage til! Han har baade i Kjøkken og Kjælder. Tak Du Gud for ham!"

Saa skulde de have Bryllup. Muldvarpen var allerede kommet, for at hente Tommelise; hun skulde boe med ham, dybt nede under Jorden, aldrig komme ud i den varme Sol, for den kunde han ikke lide. Det stakkels Barn var saa bedrøvet, hun skulde nu sige den smukke Sol farvel, som hun dog hos Markmusen havde faaet Lov at see paa i Døren.

"Farvel, Du klare Sol!" sagde hun og rakte Armene høit op i Veiret, gik ogsaa en lille Smule udenfor Markmusens Huus; thi nu var Kornet høstet, og her stod kun de tørre Stubbe. "Farvel, farvel!" sagde hun og slog sine smaa Arme om en lille rød Blomst, der stod. "Hils den lille Svale fra mig, dersom Du faaer den at see!"

"Qvivit, qvivit!" sagde det i det samme over hendes Hoved; hun saae op, det var den lille Svale, der just kom forbi. Saasnart den saae Tommelise, blev den saa fornøiet; hun fortalte den, hvor nødig hun vilde have den stygge Muldvarp til Mand, og at hun saa skulde boe dybt under Jorden, hvor aldrig Solen skinnede. Hun kunde ikke lade være at græde derved.

"Nu kommer den kolde Vinter," sagde den lille Svale, "jeg flyver langt bort til de varme Lande, vil Du følge med mig? Du kan sidde paa min Ryg! bind Dig kun fast med dit Livbaand, saa flyve vi bort fra den stygge Muldvarp og hans mørke Stue, langt bort over Bjergene til de varme Lande, hvor Solen skinner smukkere end her, hvor der altid er Sommer og deilige Blomster. Flyv kun med mig, Du søde lille Tommelise, som har reddet mit Liv, da jeg laae forfrossen i den mørke Jordkjelder!"

"Ja, jeg vil følge med Dig!" sagde Tommelise, og satte sig op paa Fuglens Ryg, med Fødderne paa dens udbredte Vinge, bandt sit

Belte fast i een af de stærkeste Fjær og saa fløi Svalen høit op i Luften, over Skov og over Sø, høit op over de store Bjerge, hvor der altid ligger Snee, og Tommelise frøs i den kolde Luft, men saa krøb hun ind under Fuglens varme Fjær og stak kun det lille Hoved frem for at see al den Deilighed under sig.

Saa kom de til de varme Lande. Der skinnede Solen meget klarere end her, Himlen var to Gange saa høi og paa Grøfter og Gjærder voxte de deiligste grønne og blaa Viindruer. I Skovene hang Citroner og Appelsiner, her duftede af Myrther og Krusemynter, og paa Landeveien løb de nydeligste Børn og legede med store brogede Sommerfugle. Men Svalen fløi endnu længer bort, og det blev smukkere og smukkere. Under de deiligste grønne Træer ved den blaae Søe, stod et skinnende hvidt Marmorslot, fra de gamle Tider, Viinrankerne snoede sig op om de høie Piller; der øverst oppe vare mange Svalereder, og i en af disse boede Svalen, som bar Tommelise. -

"Her er mit Huus!" sagde Svalen; "men vil Du nu selv søge Dig een af de prægtige Blomster ud, som groe dernede, saa skal jeg sætte Dig der og Du skal faae det saa nydeligt, Du vil ønske det!"

"Det var deiligt!" sagde hun, og klappede med de smaa Hænder.

Der laae en stor hvid Marmorsøile, som var faldet om paa Jorden og knækket i tre Stykker, men mellem disse voxte de smukkeste store hvide Blomster. Svalen fløi ned med Tommelise og satte hende paa et af de brede Blade; men hvor forundret blev hun ikke! der sad en lille Mand midt i Blomsten, saa hvid og gjennemsigtig, som han var af Glas; den nydeligste Guldkrone havde han paa Hovedet og de deiligste klare Vinger paa Skuldrene, selv var han ikke større end Tommelise. Han var Blomstens Engel. I hver Blomst boede der saadan en lille Mand eller Kone, men denne var Konge over dem allesammen.

"Gud, hvor han er smuk!" hvidskede Tommelise til Svalen. Den lille Prinds blev saa forskrækket for Svalen, thi den var jo en heel Kjæmpefugl imod ham, der var saa lille og fiin, men da han saae Tommelise, blev han saa glad, hun var den allersmukkeste Pige, han endnu havde seet. Derfor tog han sin Guldkrone af sit Hoved og satte paa hendes, spurgte, hvad hun hed og om hun vilde være hans Kone, saa skulde hun blive Dronning over alle Blomsterne! Ja det var rigtignok en Mand, anderledes, end Skruptudsens Søn og Muldvarpen med den sorte Fløielspels. Hun sagde derfor ja til den deilige Prinds og fra hver Blomst kom en Dame eller Herre, saa nydelig, det var en Lyst, hver bragte Tommelise en Present, men den bedste af alle var et Par smukke Vinger af en stor hvid Flue; de bleve hæftede paa Tommelises Ryg og saa kunde hun ogsaa flyve fra Blomst til Blomst; der var saadan en Glæde og den lille Svale sad oppe i sin Rede og sang for dem, saa godt den kunde, men i Hjertet var den dog bedrøvet, for den holdt saa meget af Tommelise og vilde aldrig have været skilt fra hende.

"Du skal ikke hedde Tommelise!" sagde Blomstens Engel til hende, "det er et stygt Navn, og Du er saa smuk. Vi ville kalde Dig Maja!"

"Farvel! farvel" sagde den lille Svale, og fløi igjen bort fra de varme Lande, langt bort tilbage til Danmark; der havde den en lille Rede over Vinduet, hvor Manden boer, som kan fortælle Eventyr, for ham sang den "quivit, quivit!" derfra have vi hele Historien.

Made in United States
Orlando, FL
28 July 2025